U0006196

GOBOOKS & SITAK GROUP©

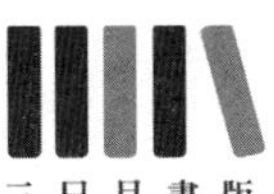

三日月書版

三日月書版

甚音
Illust.
welchino
失業勇者魔王保鑣
2
輕世代
FW265
三日月書版

Unemployed

CONTENTS

Character
惠恩
現任的第六天魔王。
自小在貧民窟中長大，
做過各種工作，家事萬
能，擔任隊伍的廚師。
不會魔法，戰鬥能力低
落。
性格溫柔善良，作為魔
王魄力稍嫌不足，常常
有缺乏自信心的狀況發
生。
Heyen

Character
雪琳
出身北之國的戰士。
由於生涯都在軍旅中度過，除了軍事和野外生存領域為專家等級之外，其他技能和知識都十分貧乏。
有著軍人般的性格，衝動易受挑釁，不服輸。
欣賞勇敢的人，重視同伴。
Sherlyn

Character
帕思莉亞
第六天魔城總管。
擁有名族血統，出身端正，被譽為是數百年難得一見的魔法天才。唯一的缺憾是家事能力和成就完全成反比，哪怕端一碗水去餐桌都會失敗，從某方面而言也是非常恐怖的傢伙。
一方面有著高知識分子的判斷力和理性，另一方面卻也有著象牙塔學者獨有的浪漫和天真。
Pahlia

奈恩
獸人將軍。
種族為不死鳥，物種特徵是背後的翅膀（現已折斷），在翅膀修復前，目前外觀看起來像是人類。
我行我素，充滿自信，行事作風直接而尖銳。
Nien

Character
青葉
第三天魔王。
身材姣好，穿著暴露，
帶有魅惑人的氣息。
由暗影所化，身上的服
裝其實也是自身變化而
出。
城府很深，靠著狡猾智
慧操弄魔界局勢。
Cyanleaf

Unemployed Heroine and Devil's Guard

ch.1 黑色暗潮之宴

夜空下的城市燈火通明。

綿延數里的亮光，化為蜿蜒巨龍，承載人群的喧鬧歡騰，緩步前進，無處不沉浸於喜慶時節的氣氛——第六天魔族星見祭，正值中夜。

將孩子扛在肩膀上走動的豪邁父親，拉不住調皮搗蛋的弟妹、著急得快要哭出來的小姐姐，以及明明勾著小指頭，卻偏偏站得離彼此非常遙遠的害羞情侶等，各式各樣、形形色色的遊人擠滿街道，場面遠比平時更加混亂又熱鬧快活。

人群高喊著、吆喝著、發出陣陣笑聲。街道兩側的商販，則是使出了渾身解數招呼顧客，應接不暇。

這一切的一切，都被站在「阿爾洛諦絲之淚」——全魔城最大也最華麗的酒樓——頂端的那名女子，淺笑著攝入眼簾。

透明玻璃杯中的酒液沒有色澤，卻略微混濁，就如同包裹女子全身的霧狀朦朧光暈，其下若隱若現地透出誘人的胴體。

第三天魔王青葉。

以「六天魔王中最古老者」、「雪山女妖之王」等無數異名為人所知的她，渾身散發著超乎尋常的魔性魅力，任誰望上一眼，皆必定為之發狂，難以聯想其肆虐大陸的窮凶極惡。

如今，身處於城中高處的魔王，垂下眼睫，猶如找到了新鮮玩具般興味盎然的目光，注視著漆黑夜空下光之長河中的一處小點，任憑輕柔的夜風愛憐地玩弄她的髮梢，雙頰泛起一絲淡淡的紅潮。

「呼呵呵……果然還是百看不膩啊！」

將投向遠方的視線收回，青葉晃了晃那頭青色的麗髮。

「這麼熱鬧的景色，全大陸除了第六天魔城外，還真是找不出第二個……哎呀！對不起，我忘了……」

青葉輕敲腦袋，故意裝出一副可愛的表情。

若是看見這幅光景，即使早就知道她的真實身分，恐怕還是會有無數人踏入必死無疑的桃色陷阱裡吧？

只是對於此刻坐在青葉面前的人來說，並沒有用。

那是一名金髮及肩，身著無袖章軍服，臉上充滿銳氣的男子。翹起二郎腿，霸氣十足地占據著整片窗臺，緊閉的雙眼，是戰爭的勳章。

前魔族名將——奈恩。

「差點忘了你看不見呢。」

「沒關係，我就寬宏大量地原諒妳吧！只要能讓尊貴的客人高興，我可以勉為其難地接受一點小小的委屈。」

面對青葉的挖苦，他不慌不忙，應對自然。

此刻要是有第六天魔族的外交官在附近，肯定會嚇得連眼珠子都掉下來吧！畢竟無論是誰，都不可能用這麼無禮的口氣對他族的魔王說話。

「對於你的好意，我是否該說聲感謝呢？」

「不客氣。」金髮魔將嘴邊漾起笑容。

見沒能成功捉弄奈恩，青葉有些不太甘心地咂了咂嘴。

「話說回來，這麼盛大的慶典，你卻坐在這裡獨自喝酒，不會悶嗎？要是能夠來點娛樂，那就更好了。」

「我對愚蠢的慶典提不起勁。」奈恩嗤之以鼻地回道。那些熱鬧的喧囂和音樂，對他而言不過是刺耳的噪音。

「同是慶典，比起這種虛假不堪的玩意，我更期待的是打下整個大陸後的慶功宴。老實說，魔王之子汲汲營營的就只是這樣的東西，實在叫人失望。」

側臉半對著夜空，任由狂妄的話語在漆黑中飄盪，奈恩悠閒地將手臂枕到後腦勺。

青葉掀起了嘴角。第三天魔王低下頭顱，一語不發地打量對方的面孔，銳利的眼神猶如要鑿穿數萬里厚度的冰川，探究其下的奧祕。

「呼呼呼……奈恩啊，口口聲聲稱呼對方為魔王之子，其實你在嫉妒吧！」

「啊？」

「你的臉龐上，閃爍的就是這樣的情感吶！」

簡直就像是個欲求不滿的小孩，故意裝作滿不在乎。第三天魔王揶揄地笑了。

「在這個世上，沒有人比你追隨了第六天魔王更久的時間，從某個角度上來看，你也可以算是魔王之子吧。雖然你努力佯裝釋懷，但終究無法掩蓋真相。

「和平如同將你捆綁在地的鎖鍊，渴望著天空的你怎麼可能忍受呢——你就像是披著獸人外衣的風不轉城，生來就應當衝向巔峰，即使是死，也要死得轟轟烈烈的存在啊！」

「哈！別開玩笑了，青葉大人，妳在試驗我嗎？」

輕輕皺起眉頭，奈恩俊俏的臉龐有些僵硬，「傷腦筋，我的唯一心願，就只有為了前任陛下守護這片魔境而已。」接著搖了搖頭，笑了。

「真的嗎？」

對著腦門上快要暴起青筋的魔將，第三天魔王彎著眼角，毫不掩飾興味盎然的目光。

在笑咪咪的魔王面前，魔將依舊好整以暇地維持坐姿，卻隱然散發出「假如再繼續試探我，就休怪我給妳好看」的氣息，嚴厲警告對手。

兩人皮笑肉不笑，此時若有旁觀者在場，一定會為了浮現在兩人之間的風暴、閃電和火花而大吃一驚。

「好好好，既然你這麼說，那我就當成是那樣吧。」

過了片刻，判斷自己應該撬不開對方嚴實門戶的青葉豎起白旗，擺了擺手。

「難得來一趟，要是沒有好好欣賞第六天魔城的美景，豈不是如入寶山空手而回了？」

「第三天魔境不也有個舉世聞名的冰川魔宮嗎？」

「那不一樣。我的魔城不能說是由子民們一磚一瓦建造而成，放眼整片大陸，能夠像人類那樣建造起巍峨城市……不，應該說人類正是模仿你們第六天魔族，才蓋起一座又一座城池。這兩者在本質上有所不同。」

「巍峨的城市嗎？嗯，在我還看得見的時候，就已經離開這裡了，所以我也……」

奈恩低沉的聲音裡透出一股感傷，到最後陷入了沉默。那是時間的重量，但是說到時間，此處還有一個更加無與倫比的生物。

青葉再度望向窗外，將上半身探出欄杆邊緣。貫穿城市正中的大道猶如一條千萬顆寶石閃爍發亮的長河，夜風陣陣吹來，沁人心脾。

她瞇起瞳眸，目光落定在萬家燈火的都市中央。

規模如此龐大的祭典活動，放眼整片大陸，也不是哪裡都看得見。第三天魔王的臉上泛起了優雅笑容，然而，若是再繼續觀察下去，卻會發現那抹笑容顯得不是滋味。

那副表情，就像是在告訴所有人，第三天魔族的王者並不樂見友族如此興盛昌繁。要不是在目不視物的對象面前，恐怕早已引發一陣軒然大波了吧！

「精心釀製的美酒，舌頭嘗到時卻只剩下苦澀啊！」

望著即將見底的酒杯，她下意識地脫口而出。

「這番美景縱然難得，可是，少了點刺激感吶！」

「喔？妳想要什麼樣的刺激呢，第三天魔王？」

「假使能夠擺脫一成不變，來點出人意表的聲光效果，或許會更合我的胃口……哈！忘了吧，我只是隨口說說罷了。」

「說不定妳的心願可以達成喲！」

金髮魔將微微勾起嘴角，充滿自信的模樣令人難以測度其心思。

「其實呢，我也對現在這種死氣沉沉的樣子有些不滿，正想要讓它更有活力一點。」

「真是讓我意外，我以為你對和自己無關的事情總是漠不關心呢，奈恩，你剛才不是還說……」

奈恩的笑容讓青葉小心翼翼了起來。

「我只是說，我對愚蠢的慶典一點興趣也沒有……如果並不愚蠢，就另當別論了。」

「嗯？」

「噓——」奈恩伸出一根手指，放到自己唇邊。

「如果太早揭露祕密，接下來的演出就不好看了，妳說是吧？青葉大人。」

「那我就期待你帶來的驚喜吧……可別讓我失望了喲，奈恩。」

青葉愉快地咯咯笑出聲。

她伸出蔥蔥玉指，輕輕梳理著秀髮，然後望向天際。

鑲滿天空的星星像是讓整片夜空都燃燒了起來。

透出薄薄的雲層，銀色星光灑落在魔王身上，美得令人屏息。只不過，沐浴在銀色光輝之中的最古魔王此時卻想著，或許眼前的魔將，並沒有她所想像得那麼簡單吶……

「消息回傳得太慢了！」

夫．比昂涅吉大道的某一段，驟然響起的高喊聲從設置於路旁的帳篷之中炸開。

這裡是星見祭工作委員會設立的臨時總部。

以鐵箍木和帆布搭建而成的簡陋帳篷裡，工作人員忙碌地來來去去，一旁堆滿了物資，而獅耳女郎彌亞正坐鎮其中，掌控整個祭典的行動。

「搞什麼東西啊，西街組、東市組……為什麼各個區塊的互助組過了這麼久都還沒有回報？」

砰！一隻手重重拍在攤在桌面的大羊皮紙上。她神情焦躁，不耐煩地朝著底下的聯絡人員大吼。

「息、息怒啊，彌亞大姐，已經加派人手出去聯絡了！」

「那麼『塔』呢？最重要的塔呢！」

「現在夫．比昂涅吉大道上非常混亂，塔卡在路中央動彈不得，負責讓塔前進的弟兄們還在試圖排除障礙……」

「可惡！沙蘭緹和歐蘭到底在做什麼？」

按著隱隱發痛的太陽穴，彌亞咬牙切齒地從牙縫中擠出了怨憤的字句。

「這可不是開玩笑的呀！星見祭的每個流程都有嚴格的規定，萬一耽誤到時程，那群老傢伙又有一堆閒話可以說了。」

跌坐回木椅中，彌亞此刻的心情，猶如熱鍋上的螞蟻般焦躁不堪。

星見祭從開祭以來，表面上看似一切順利，然而實際上的情形又是如何，恐怕只有少數人心知肚明。

一言以蔽之，就是失控了。

比起預計的時程表，現在的進度大幅落後。

為了令祭典運作順利，他們擬定周密的計畫，不知做了多少次沙盤推演，還約定綿密的通訊網絡，但是，這樣的努力似乎正在逐漸失去效用。

首先是從日落開始，便接二連三地發生許多干擾進度的無謂小事——

「北邊區域有孩童走失……」

「先找地方收容孩童，用揚聲石進行廣播。」

「報告，東街發生攤販和顧客之間的商業糾紛！」

「通知警備隊前往處理。」

看似無關緊要的細枝末節，一開始還沒放在心上，然而當事情發生的頻率逐漸增高……

「南邊出現竊盜案！」

「又來！這是第幾件了？不是說這種事交給警備隊就好了嗎？」

「我知道，但是……」

「先不管這個，有人知道遊行隊伍目前的狀況嗎？」

「上次回報是剛抵達大道。」

「那是好幾刻之前的消息了吧？姐姐要的是最新消息，最新消息！」

「抱歉，還不清楚。」

等到回過神來，才驚覺事情已經千頭萬緒，繁雜不堪。

可惡！

彌亞的精神已經快要到達極限。

伴隨著人潮，就一定會產生突發狀況。雖然早就有了心理準備，可是沒想到實際應對起來這麼困難。

「彌亞大姐！」

倉皇的喊聲在耳邊爆響，回過神來，她的手臂正被眾多伙伴抓住，帳篷內，人人都以緊張的神情直望著自己。

「啊……姐姐好像有一瞬間失去意識了嗎？」

「彌亞大姐，請不要太勉強自己啊！」

「姐姐不打緊。姐姐先出去外面洗把臉，記得持續關注進度回報。」

彌亞揮了揮手要眾人不必擔心，接著起身離開了帳篷。

中夜的冷空氣咻咻拂過身體，稍微提振了些許精神，彌亞舒展四肢，骨頭喀喀作響，哼起了舒服的呻吟。

只是，這樣程度的清醒仍不能持續太久，眼皮上彷彿吊著兩塊隨時都會墜下來的秤坨，她知道自己真正需要的是把腦袋塞進枕頭好好睡上一覺。

「只要能熬過去，接下來不管再怎麼埋頭大睡都沒有關係！」

現在正是緊要關頭，彌亞激勵自己，接下來隨便找了個地方坐下。

運用好不容易得來的一點點清醒，她開始思考、整理如今面臨的狀況。

「到底是怎麼搞的，事情居然這麼不順利……」

彌亞發著牢騷，在昏暗夜色中的巷道間伸直了腳趾。

某種停滯、異樣的感覺。

就像是某個零件的卡榫沒連接好，做出來的成品自然也會變得支離破碎……她將目前得到的所有資訊一一擺在眼前，著手釐清真相。

「光是處理醉鬼打架、討價還價這種雞毛蒜皮的小事，就讓咱們焦頭爛額，更別提要按照原本的計畫執行下一個步驟了。」

彌亞忍不住仰天嘆氣，內心深處那個不願提起的疑問，恍若沉重的鐘響，始終徘徊不去。

「難道真的是第一線人員能力不足嗎……不，姐姐的伙伴才不會連這點小事都做不好。」

彌亞眉頭深鎖，自問自答。

負責領導各個小組運作的成員皆經過精挑細選，嫻熟於商場的老手，不可能連協調事務的能力都欠缺不足。

「說起來，就算只是芝麻綠豆的小事，發生頻率也密集得過了頭，簡直……就像有人在背後煽動一樣。」

話說到一半，彌亞恍然大悟。

「煽動？」

她倒抽了一口冷氣。

既然事件的「發生」不符合常理，那麼唯一的可能性，就是來自於外部。

「但是……怎麼可能，難道真的是……」

陰謀的輪廓在心中慢慢成形，光是用想的，就讓人渾身顫抖。猶如駕駛著小船，在怒海的漩渦中不停打轉，她感受著濺起的冰冷水花，逐步靠近真實。

冷不防——

四下無人的空間中，來意不善的氣息撲面而來，觸動敏感的神經。

「是誰？」獅耳女郎迅速地跳起到一旁堆疊的木箱上方，擺出隨時可以迎擊的姿勢，從制高點盯緊著巷弄中的黑暗。

「真不愧是人稱西市場的地下女王啊，果然隨時抱持著警戒。」

遍布陰影的前方傳來了一陣拍手聲，接著從容步出一位老人。

「您是……」

對方與一般獸人截然有別的外型特徵，抓住了彌亞的視線。

老人身材矮小，還不到普通人身高的一半，然而當他脫下黑色禮帽的同時，任誰都無法不注意那一雙顯目的——草食動物的耳朵。

「帕思維爾……大人？」

彌亞認出了對方的身分，臉色乍變。

名族！不但是名族，還是掌控元老院主流勢力的派系領袖，強而有力的大名族。

果然是這樣！

彌亞咬緊下唇，此刻的心情竟然意外平靜。雖說一切正如自己的猜想，但為何她完全高興不起來？攙雜些許憤慨，彌亞不自覺地將捏緊手指關節，喀啦喀啦。

「妳似乎一點也不驚訝，看來是早就預料到了嗎？」

帕思維爾穿著樣式簡單的黑色教士袍，一邊整理領口，一邊好整以暇地說道。

雖然造型樸素，然而那件長袍分明是用最上等的布料織造，即使不用親手去摸也能明白。

「糾紛發生的時機太有規律了，就像是有人刻意組織密集的混亂攻勢，癱瘓咱們的運作一樣。但無論是多狡猾的傢伙，到最後都會露出狐狸尾巴，您說是不是呢，帕思維爾大人？」

彌亞以惡狠狠的露齒笑容回應，對方露出了不以為然的神情。

「哼哼，注意妳的態度，居然用這種口氣對名族說話，真是沒有教養。」帕思維爾不悅地說道。

聽到這番話，彌亞乾脆抱起雙手，撇著頭擺出更加無所謂的模樣。

「真抱歉吶，姐姐是在垃圾堆裡長大的野蠻丫頭，學不會名族大人們那種氣質，更別提背地裡偷雞摸狗的手段！」

「伶牙俐齒的小鬼！不過，這次我就大方承認好了，沒有錯，城內四處的騷動，確實是我們指使的。」

「是嗎？名族果然不願意見到咱們成功舉辦祭典啊！」

彌亞的表情變得冷淡。

「數百年來，星見祭一直是屬於名族的活動，你們這些傢伙妄想仿效，可知這樣的行為已經超越了容忍界線嗎？名族們不會放手不管的，這件事，攸關我們的尊嚴！」

「尊嚴？真是好意思講。」

彌亞聞言不禁咋舌。這群名族，究竟可以厚顏無恥到什麼樣的程度？

「現在，我們已經達成了共識，要讓這場祭典辦不下去。」

「豈有此理！元老院怎麼可以出爾反爾？」

「名族只是做出最正確的決定！不過，看在你們努力投入的分上，我決定寬宏大量地再給最後一次機會。」

彌亞差點就要捲起袖子，但是，她還是勉強壓下了瀕臨潰堤的怒火。

「那姐姐就聽聽看吧！」一邊說著，一邊在心裡用力痛敲自己的腦袋，忍住爆發的衝動，聆聽帕思維爾的提案。

名族老人伸出捏緊帽子的手，直指著獅耳女郎的鼻子說道：「現在立刻交出這場祭典的主導權，讓我們名族接管完成吧！」

「什……麼？」

沒想到居然會從對方嘴裡聽到這種話，在志得意滿的帕思維爾面前，彌亞的表情一時之間全部凍結在臉上。

「你們這群可悲的下等賤民，絕對無法彰顯夜之女神的榮耀，不要違背物種的天生型態，乖乖將此等大事交給我們高貴的名族處理吧！」

帕思維爾毫無顧忌地口出狂言，其所奠基的，是第六天魔族物種的天生差異，也是造成階級社會的根本原因——

僅占據第六天魔族總人口十分之一的名族，擁有草食性動物的外觀特徵，雖然力量不及肉食性動物外貌的同胞，然而在魔法的適應性與智力上，兩者卻猶如雲泥之別，那是平民無論怎樣努力也無法辦到的境界。

因此，名族總是高高在上，而平民則永遠都是泥巴。帕思維爾的態度，只不過反映了名族向來對待底下階層的方式。

「當然，事成之後，我們也不會吝惜給予賞賜！彌亞，依妳的條件，即使來我們底下做幕商也能幹得有聲有色吧？這可是一步登天的機會，只要妳點頭，我可以立刻讓妳掌管全城最大的鐵匠鋪。」

帕思維爾的眼睛彎成了兩條月牙，口沫橫飛地進行遊說。彌亞則是傾斜著腦袋並且張大了嘴，露出一副痴呆的表情。

「妳覺得如何……咦，這是怎麼了？」

帕思維爾過了好一陣子才注意到彌亞的異狀。

獅耳女郎低著頭，一語不發，但是雙肩不停地顫抖。

「噗哈哈哈哈哈——」

突然間，她抱緊肚子瘋狂大笑了起來。

彌亞突如其來的變化，讓帕思維爾只能目瞪口呆。

那種誇張到讓人擔心是不是得了精神病的瘋狂笑法，最後害得她一個不小心從箱子上滾到了地面。

「妳在笑什麼！」

「嗚呼呼……欸嘻嘻……」

彌亞一邊拭淚，一邊搖搖晃晃地站了起來。

「姐姐還以為您想給予什麼指教，沒想到居然是來說笑話的啊！真不愧是名族的大人物，連幽默感都這麼與眾不同。只可惜，這種程度的表演，連狗都會覺得難笑啊！」

「什麼？」

帕思維爾一陣錯愕。

「怎麼可能會把主導權交給你們啊，蠢貨！」

「呃哇啊……」

朵。

如雷貫耳，名符其實的獅子吼！原本聽覺就十分敏銳的兔耳老人痛苦地掩住了耳

怒吼聲穿越了整條巷道，一身焦糖膚色的平民獸人女子昂然闊步向前，高大的身影籠罩了矮小的老者。

「噫！」對方不由自主地發出了喪膽的低鳴之聲，連連後退。

「這場祭典，可是寄託了咱們所有人的盼望和心血，哪可能隨隨便便拱手讓人！想說夢話的話奉勸您還是盡早滾回去，把頭埋在被子裡，別在外面丟人了！」

此時此刻，獅耳女郎臉上綻放的不是笑意，而是無止境的怒氣。

「妳、妳……」

帕思維爾慌慌張張地重新站直起身子，臉色漲紅猶如豬肝。

「妳知道自己在和誰說話嗎？我可是大名族帕思維爾！趁我還沒有完全動怒之前快點道歉，或許我還能考慮原諒妳。」

但彌亞才不管他。

「我們可是名族，無論智慧或壽命都比平民更為優秀，有責任代替不在了的魔王重振百廢待興的國家！與其任憑土地在你們平民手中荒廢，還不如由我們發揮價值！」

帕思維爾高舉右手，振振有詞，一點都沒有注意到彌亞越來越鐵青的臉色。

「住口。」

「名族數百年來的繁榮發展，正是得到阿爾洛諦絲女神眷顧的明證，作為國家的主人，我想就算是……」

「我叫你住口！」

砰一聲，彌亞一拳砸爛了旁邊的木箱。

帕思維爾不禁嚇得縮起了肩膀。

「無、無禮……」

「少看不起人了！什麼數百年的繁榮發展，要不是因為名族享用特權不必上戰場，你當真以為自己有多少本事？找了那麼多藉口，還不是為了自身利益，總歸一句話，姐姐不會讓你們為所欲為！」

獅耳女郎眼中射出危險的光線，語氣低沉、斬釘截鐵地說道：「如果還想阻撓我們，那麼就等著付出代價。」

「咕、咕呃……妳！好吧，看來交涉是破裂了。」

「從一開始，我們就不打算任你們擺布。」

彌亞毫不猶豫地回應。

兔耳老人的眼裡閃爍起陰沉的利光。

「那麼……就休怪我們無情了，彌亞，是妳自己把自己逼到這一步的。」

老人的身影逐漸退回黑暗。

「妳以為我們就只有造造謠、使喚商人四處搗蛋這種級數的花招嗎？哼哼，我們還有殺手鐗沒有使出呢！」

帕思維爾留下不祥的話語，戴上帽子準備離開。

「慢著，誰說你可以走……嗚呃……」

彌亞急忙追上，卻在跨出第一步的時候，不能動了。

這是……

數道直射而來的銳利殺氣，猶如透體利箭，一瞬間令她產生了被釘到牆上的錯覺。

「嘶——」彌亞猛然抬頭，黑暗裡卻什麼也看不到。

然而確實存在著。

讓人無法轉移視線，心跳加劇的「存在感」。

獅耳女郎的後頸頓時冒出無數冷汗，費盡力氣移動雙手，擺出警戒的架式。

不過就在下一刻，沉重的壓迫感陡然消失，彌亞情不自禁地放鬆身體，長長吐出一口大氣，整個人癱到牆邊。

「呼……姐姐真是……太大意了。」

直到此時，她才能露出苦澀的笑容嘲諷自己。

想來也是，堂堂的大名族首領，怎麼可能不帶護衛就出門呢？太小看對方而魯莽行動的後果，讓彌亞嚐到了教訓。

她一邊調整呼吸，一邊讓身體恢復力氣，不過，在這種時刻，她並沒有充分休息的餘裕。

「現在可不是悠哉的時候啊！」

推開冰涼又舒適的牆壁，彌亞強迫自己挺直背脊，並粗魯地甩掉了身上的汗水。

帕思維爾那個老混帳，竟然敢那樣子放話，難道名族真的還有什麼手段沒有使出來嗎？

「真是棘手……必須馬上警告大伙。」

彌亞迅速地做出判斷，拔腿奔向眾人聚集的指揮所。

「事情變得越來越複雜了，不知道惠恩大人能不能及時趕到……得讓祭典盡快結束，以免發生意外，現在可是分秒必爭的時候啊！」

大步流星，獅耳女郎一往無前地迎向了眼前的黑暗，輕盈的碎步疊著夜風悄然遠去。

巷道又恢復了最初的平靜。

城市的另一端。

夜幕籠罩天空，然而從遠處看起來，城市卻變得明亮。

穿越宏偉的第六天魔城正門，沿路張燈結綵，五光十色，與平時所見大相逕庭，只見無數火把交互映輝，原本平淡無奇的城市面容被塑造成了另一番風貌。

人龍，一路延伸到城市中央，四處皆被淹沒在無止境的喧騰笑語。路上的第六天魔族穿上他們傳統的服飾——也就是打扮清涼，毫不吝惜裸露大片肌膚的「阿奇塔瓦」，男子穿著長度到小腿的棉褲和袒胸露臂小背心，女性則只穿上胸罩、更短的背心，下半身的選擇卻非常多元，有短褲、短裙、長裙等，色彩熱情鮮豔——來慶祝這場祭典。

而從遊廊酒廓間流洩出來的吟遊詩人歌聲，也像是不甘寂寞般，用優美的曲調，充滿異國的風情，將歡愉的氣氛炒得更為火熱。

當然也少不了撲鼻的香氣，國度內朱恩大平原上的飛禽走獸、流向第五天魔境的無域河裡的肥美鮮魚……豐饒的物產造就了獸人族中變化多端的美食。

從燒烤店、水果冰沙作坊、沉香鋪裡所散發出來的各種奇妙香味，無形中舒緩了人們亢奮、緊張的心情。

聞到了這些可愛的氣味，無論是誰臉上的神情都會悄悄地轉變為柔和，微微露出一抹充滿幸福的笑容——原本應該是如此，要是有人聞到這些香氣卻還會露出一臉痛苦，那樣的情節真教人難以想像。

「雪、雪琳，妳怎麼了？」

惠恩慌慌張張地喊道，緊急抓住了差點倒下去的雪琳的手臂。

銀髮少女半跪在地，扭曲的嘴唇費力地吐出了難受的氣音：「那、那些氣味……」顫抖的手指指向前方，弄得惠恩手足無措，緊接著……

咕嚕咕嚕——

「原來是肚子餓了啊！」

惠恩鬆了口氣。

「有、有什麼辦法，從家裡出來幾個小時了，到現在還沒好好吃過一頓飯！」雪琳一路從脖子紅到了耳朵。

「才幾個小時而已……嗚！」

「幾個小時……已經夠久了吧！不管了，我們先找點東西吃吧！」

惠恩被大聲主張著「吃飯皇帝大」的雪琳勒住了脖子，無奈地被少女拖進了路旁的串燒攤。

數分鐘以前，惠恩與雪琳通過檢查哨順利地進入了內城，然而一進城，他們便被出現在眼前的景象所震懾住了。

「嗚、嗚喔！」

雪琳睜大了眼睛發出驚嘆。

「好厲害啊……這些都是出來參加慶典的人嗎？」

夫．比昂涅吉大道上，人潮從四面八方接連地湧來，萬頭攢動的震撼感強烈到讓人懷疑即使在魔城上方加上屋頂也會當場被喧囂掀翻。

「太誇張了，好像在上戰場一樣……」

誇稱為全魔境第一寬敞的大道，如今也擁擠得像是連一隻老鼠也無法通過，不用說，他們一定都是為了爭睹「那樣東西」才跑出來的——即使現正位於好幾個路口之外的街區，「那樣東西」還是非常地有存在感。

被西市場的工匠們稱作為「塔」的木構造物，實際上卻是懸掛了黑暗女神阿爾洛諦絲聖鐘的鐘樓。超過兩側建築物的高度，猶如鶴立雞群，堂而皇之地占據了所有人的視野。

裝飾著五色錦幔並漆上金粉的塔身，匯聚眾多工匠的心血，僅僅用「華麗」兩個字都還不足以形容。

「彌亞小姐……竟然能找來這麼多人啊！」

真是不得不佩服她運籌帷幄的能力，然而這也大大超乎了惠恩的想像。在他原本的想法之中，所謂的星見祭不過就是場規模稍大一點的遊行而已。

「不過話說回來，我真的得爬上那麼高的地方，還要在那麼多人面前講話嗎？」

惠恩放下了口中的肉串，望著遠處的顯目高塔喃喃自語。

置身其境的臨場感，如今具體化形成了壓抑在肩膀上的重擔，令人不自覺地開始顫抖。

忽然，肩膀被人重重一拍，惠恩轉過頭來，發現銀髮少女對著自己露出豪氣的笑容。

「怎麼了，惠恩，難道說你開始緊張了？」

「說、說沒有是騙人的，但是……」

但是？正當身旁的少女歪著頭表示疑惑，惠恩沒有立即回答，而是「噗哧」笑了一聲，臉部換上一個柔和的神情。

「但是，現在的我，已經不再是孤軍奮戰。」

他的視線停留在依然按住肩膀的那隻手，目光中流露溫柔的感動。

儘管只是如此簡單的觸碰，卻如同朝他傳達「你並不孤單」的訊息，神奇地，身軀被挹注勇氣，通達的溫暖讓身體不再顫抖起來。

「就在半年以前，我還無法想像身邊居然會有這麼多伙伴。除了現在就陪在身邊的妳之外，還有彌亞小姐、商人、工匠們……讓我不會再畏懼了。」

雖然只是那麼一瞬間，臉上露出溫暖的笑意。

「說實話，當魔王的日子以來，我一直覺得很慚愧。」

「為什麼？」

「大家都在過苦日子的時候，只有我躲在金碧輝煌的魔城，奢侈的器物、精美的食物……但那些東西一點也不適合我。每一天，我都在惶惶不已中度日。」

惠恩嘆了口氣。

說著那樣物質充裕的生活，實際上卻伴隨著內心的空虛。

乍然聽聞的心內剖析，讓銀髮少女停下一切動作，表情凝肅地望著魔王。

「造成大家貧窮的元凶，不就是魔王引起的戰禍嗎？我根本沒有資格享受任何奢侈品，甚至該說連罪衍都還沒償贖……不過，現在終於有了機會。」

惠恩抬頭望向高塔，緩慢地，堅定地……

「這次的祭典將會成為人們脫離統治苦難的契機，總有一天，每個人都能平等而有尊嚴地生活著……我相信那才是第六天魔族應有的未來。為此，也為了那些付出一切，企盼著星見祭成功的西市場、貧民窟的所有人，我不會讓它功虧一簣！」

握緊雙拳，下定決心。

面上的神情甩脫猶豫，朝向前方的雙眼中則是散發出無懼的光芒。

意會了那個表情，翻捲一頭戴上幻術獸耳的銀色秀髮，少女搖曳著天青色瞳眸，朝魔王露出了寬心的笑容。

「呼呼……看起來，是不需要擔心啦！」

「呃，謝、謝謝妳，雪琳。」

「這幾天看你都沒什麼笑容，還怕你會不會撐不住……不過，身為一個魔王果然還是要這樣才像樣嘛！」

嘉許地點著頭，接著還把手伸了過來，揉亂他的頭髮。

惠恩困擾地抗議，但，就是這副無畏的笑顏，再次令他感到心頭一暖。隨即而來的，則是一股胸口揪緊的感覺。

我果然還是……

銀髮勇者將吃完的竹籤扔進垃圾桶，拍了拍手。

「吃飽啦！」

「既然補充完能量了，那我們就趕快繼續前進吧！彌亞小姐應該已經等得不耐煩了吧！」

「好……啊，稍等一等……嗯？」

「咦？」

惠恩驚訝地望著雪琳，敏銳的銀髮少女彷彿嗅到某種異常氣息，伸手將魔王推到身後，警覺的目光來回四處捕捉。

「那個聲音……」

「咦？」

再一次，惠恩發出了疑惑的聲音，少女勇者沒有予以回應，然而大腿、手臂上的肌肉卻已悄然繃緊。

剛才，確實，有什麼東西挑動了耳朵。

「難道是我聽錯了嗎……不！」

彷彿在回應著銀髮少女不確定的低語，再下一秒，大街的另一頭，尖叫聲的浪潮怒濤般湧至！

Unemployed Heroine and Devil's Guard

ch.2 狂亂騷動之夜

「呀啊啊啊啊啊啊——」

事後回想起來，那正是使得祭典開始變調的一瞬間。

以不知從何發出的女子悲鳴聲作為起始，震耳欲聾的高喊聲頃刻間席捲整條大道，擊碎原本因慶祝活動而四處漫騰的嘈鬧喧囂，與此同時，城市中的祭典氛圍正熱烈高漲。

「救命啊啊啊啊啊啊！」

砰咚！伴隨著充滿驚慌、高八度的尖叫聲，突如其來，設置在街道中央的小攤販被猛然撞碎，豪邁碎裂的木折聲響震懾四周圍群眾的耳膜。

「嗚哇啊啊啊啊！」

人們頓時陷入巨大的騷動，只見轟然倒地的棚架冒出大量塵煙。

「小心！」

「嗚、嗚喔！怎麼了——發生了什麼事噗咕喔……」

朝天空揚起，稠密又厚重的塵埃遮蔽了視野，在那其中突然響起的淒厲哀鳴聲，砰咚——砰咚咚咚——和緊接在後的一連串不知是什麼造成的鈍重聲響，聽起來令人頭皮發麻。

奇妙的聲響令眾人都不禁屏息以待，彷彿有什麼事情就要發生。

等到塵煙逐漸散去，殘骸堆中赫然出現了一群全副武裝的凶惡暴徒。

「時候到了，伙伴們，讓我們教教這群養尊處優的同胞們，什麼才是慶祝祭典的正確方法。」

為首的男人面露邪笑，一把將砸在地上的巨槌掄起。

「嗚喔——！」接收到指令之後，不知從何而來的暴徒們各自舉起了手中的鋼刀、長戟。

見到明晃晃的刀身散發著絕對不祥的銀色寒光的一瞬間，直到此刻還站在原地的民眾像是終於搞清楚了事態，混亂從中央朝周圍漣漪擴散，人群發出慘叫四散逃開。

「嗚哇哇哇哇——殺人啦，救命啊！」

「呃哈哈哈哈哈！兄弟們，給我大鬧一場吧！」

「別走啊！跟我們一起來好好慶祝啊喂！」

恣意戲謔的高喊聲中，暴徒們就像見著了綿羊的餓狼般，揮起武器朝四面八方追趕了起來。

名為恐怖的歡宴就此開席。

「咦，這裡有女人跟小孩?哈哈哈，剛好來陪老子樂一樂！」

一名暴徒舉著刀邪笑著靠近了街角邊站立著的兩名旅人，心裡盤算著要好好運用他們的恐懼尖叫取樂——直到上一秒鐘還是如此。

如果他能觀察得再仔細一點，就會發現那名女性的臉上完全找不出任何一絲緊張的神色，鎮定過了頭。

面對虎背熊腰，一臉淫笑的獸人男子，頭上生著一對貓耳的銀髮少女臉色沉著——甚至是冰冷地抬起了左手，緊接著——

「咕喔！」像大砲一樣的重拳直接了當地貫進了男人的腹部，讓他的雙眼立刻像金魚似地暴凸了出來，還來不及發出哀號聲就昏迷倒地。

「找錯對象了吧？」

收起拳頭的雪琳隨即退入陰影中，小心地不引起其他人注意。幸好她第一時間就將惠恩護進了相對安全的位置，否則他在暴徒們發動第一波襲擊時早就受到波及了。

「齷齪的東西，就只懂得欺善怕惡……惠恩，你沒事吧？」

「這、這群人究竟是從哪裡來的？太可惡了！」

惠恩面色鐵青，表情驚訝地低喊著。原本四處滿載的熱鬧、和平氣氛如今毀於一旦，大街上的混亂程度正急劇加速。暴徒們恣意破壞附近的帳篷、建築物，還拿武器對著無辜的民眾隨意亂揮，看見這番情景，他瞪大了雙眼。

「雪琳，我們……」

雪琳見狀連忙壓住他的肩膀。

「不可以衝動！」

「但、但是……」

「你還沒忘記上次的教訓吧？這些傢伙手上可是握著武器啊！」

雪琳搖了搖頭，銀髮少女此刻已經完全轉變為戰士的模式，她冷靜地評估完敵我雙方的戰力差距，做出了合理的判斷。

「這裡就留給警備隊處理吧！這些傢伙竟敢幹得這麼離譜，治安單位很快就會來了。我們現在要做的是避免衝突，盡快離開並和彌亞他們會合。」

縱使明白對方說的是正論，然而惠恩一時之間似乎還是難以接受，露出了試圖反駁表情的他說：「放著不管，只會有更嚴重的災害。」

「唉，我知道你的感受，可是……」

雪琳嘆了口氣，「抱歉了，但是我要優先履行身為護衛的職責。」抓住了惠恩的手臂，強硬地將他拖離現場。

「等、等一下，雪琳！」

「別跟我爭辯，確保你的安全是我的第一要務。」

「前、前面！」

就連街道的另一端也出現了暴徒。

原本逃往那個方向的群眾露出絕望的面容，再度回頭慘叫著經過他們身邊。

「跑吧！跑吧，哈哈哈哈！」

其中一名暴徒踢倒了路邊的手推車然後將手中的火把朝裡頭一扔，轟！吞噬了易燃的乾草，火勢飛快暴漲，一下子就蔓延到了對側，形成一道火牆……雪琳他們只能被迫停下了腳步。

「該死！這些傢伙，是事先說好了嗎？竟然同時發動恐怖攻擊，天底下哪有這麼巧合的事情！」

望著沖天的火光和再也無法通行的道路，雪琳咬住下唇，忿然低語。

「他們衝過來了！」

「啊啊，這下……只能應戰了。」

「喔，終於等到了。」

已然半空的玻璃酒杯從外側映照著世界的扭曲。

就在那個視野遼闊的房間裡，有一名等待已久的獸人魔將，從原本慵懶的半臥身姿挺直了背脊。

同一處空間裡，第三天魔王青葉被眼前驟然發生的異景震撼，錯愕地睜大了眼睛。

「這、這是怎麼一回事……」

突然之間，城裡四處都冒出了火焰。

滾滾的濃煙不停向上爭竄，慘叫與哭號聲的合唱從四面八方傳來，時不時響起的爆炸聲更是驚心動魄。

「突然間多了好多煙火呢！」

「什麼煙火，差得可遠了吧，這分明是有人在蓄意縱火啊！」

「嗯，誰知道呢，有什麼差別嗎？」

雖然是自己土生土長的城市，可是奈恩卻一副事不關己的態度，露出愉快的表情；第三天魔王則是左顧右盼……隨即，就在發現奈恩毫不意外的模樣之後，讓自己恢復了鎮定。

「奈恩，這一切都是你的安排嗎？」

畢竟是活過了悠久的歲月，整片大陸上在位時間最長的魔王，青葉擁有讓自己的心立刻變為止水的能力，縱使稍起波瀾，那風暴也會在轉瞬間平息。

「算是經過我的默許吧，不能說完全跟我無關就是。簡單說明的話，名族們讓散居在城裡的流浪戰士做些事……我雖然知道了卻未插手，而是任由他們恣意行動。」

金髮魔將抬起俊俏的臉龐，以鼻息聲代替了嗤笑。

「現在的夫．比昂涅吉大道上，應該不論哪裡都正上演著狂暴騷亂的饗宴吧！不知道這樣的『刺激感』能不能令妳滿意呢，青葉大人？」

以被火光染紅的夜空為背景，奈恩對著裹身於雪山霧影中的青葉冷笑，第三天魔王只能瞠目結舌。

「真是的，奈恩，我這次真的服了你……」

青葉認輸似地望著掀起嘴角的金髮魔將。

「看著自己的城市陷入巨大的動盪，你居然還能這麼輕鬆，你剛剛不是還說過要守護魔族嗎？」

「我的確是說過要守護……只不過，對象不同而已。」

「喔？解釋解釋吧！」

奈恩笑了笑，坐在位置上輕輕地舉起酒杯。

青葉馬上意會他的意思，不由得為之氣結。這傢伙，竟敢把一境魔王當成倒酒的侍女？卻還是溫順地幫氣焰囂張的男人注滿了杯子。

感受著青葉氣呼呼的心情，將杯緣湊近唇邊的奈恩顯得十分地愉快。

「請妳睜大眼睛看看吧，青葉大人，這個國家已經被懶散和自滿之心所占據了，無論名族或者平民，都只在乎眼前的榮景，短視得不去探究發揚種族榮光的更多可能性，這些人還配稱得上是魔族嗎？」

轉頭俯瞰城市——儘管實際上目不視物的魔將任金髮披散在狂風中，其所散發出的氣息恍然變得更為深邃。

「他們坐在城裡安穩地享受城牆保護，但我們的疆土卻是由鮮血和眼淚刻畫而成，我們的歷史是用折斷的羽箭、槍桿、破損的鐵盔書寫出來的。」

望著臉上閃過一絲難以察覺的細微陰影的奈恩，第三天魔王搖曳眼眸，臉上光影不定，吁了一口氣。

魔將的聲音裡頭多了一絲沉重。

「所以他們就都遺忘了嗎？不，至少我並沒有遺忘。我是『戰士』這個被人們忘卻的階層的代言人，我們才是跟隨君王身邊，為國家浴血奮戰到最後一刻的真正魔族。比起焚盡後再蓋起來就好的城市，我更想守護的是第六天魔族的尚武精神。」

奈恩再度舉起了手中的杯盞。

「要將第六天魔族導回正軌，犧牲必不可少，透過淨化城市的火焰，破壞之後的重生將讓他們取回失落的意志。」

考驗要開始了，盲眼的金髮魔將輕聲說著。

向著星光，輕輕高舉了的酒杯，然而奈恩並未啜飲其中的芬芳液體，而是將手伸出窗外，將其灑落到了風中。

「恣意釋放你們的憤怒吧！再一次，自在地揮舞著鋼鐵，讓那些耽溺於和平的軟弱者明白，他們享受的只是片刻的虛幻。」

盈滿夜風的最上等香氣，「卡妮歐斯藍酒」的氣息令人迷醉。

可是奈恩接下來說出口的話語卻像鋼鐵般殘酷又暴烈。

「來吧，魔王之子，讓我看看你要如何面對這樣的局面吧！」

銀光，閃電流竄！

「哇啊啊啊啊——」

惠恩匆忙就地一滾——間不容髮，強力、強橫、強蠻的斬擊，劈落在藍髮魔王原先待在的位置。

匡噹！地上留下深刻的印痕，大砍刀陷入地裡，握著刀柄的男人發出怒吼。

「咿——呀！」

破碎、飛濺的石礫如雨落大地，惠恩膽顫心驚地望著這幕場景，不太確定對方只是想拿他害怕的模樣取樂，還是真的有那個念頭。

驚恐是狂風，錯愕是閃電，兩者皆來得又快又猛。

將雄偉魔城從中對剖為二的大道上，天空中群星驚訝的眼眸注視下，這裡正是上演所謂「狂暴騷亂的饗宴」的夜宴現場。

雖然說，是不是所有參與這場饗宴的客人都能夠「盡興」享受，仍然是個值得探討的問題，但是惠恩至少能夠百分之百確定，當被問到這個問題的時候答案絕對會選擇搖頭——並且是死命地搖頭。

「請等、等一下，各位大哥有話好說，你、你們不會是真的想殺了我吧？」

「你說呢？」

「接招！」

抬眼間，又一名武士縱身跨過同伴的頭頂，高舉砍斧撲向惠恩，絲毫不給予喘息的機會。

「呃、呃啊！」

魔王連滾帶爬，千鈞一髮之際躲過了飛斧，但是這樣的好運似乎已經用完……隨著這次猛烈的攻擊，他與雪琳之間的距離又被拉開得更遠了。

「惠恩！」

銀髮少女焦急地想要上前援助同伴，但是她這邊也被死纏爛打著撲上來的敵人阻止。

「滾一邊去，別擋著我！」

「唔啊啊啊啊——」

「要叫喊的話，用一次就夠了！」

「咦啊啊？妳說什麼！呃啊啊啊！」

狼耳少年發出了不知是淒厲還是凶狠……又或者兩者皆不是的高喊聲，手裡的長矛筆直刺來——他是以為目標是女的所以就很好應付嗎？在雪琳眼中，少年突擊的表情比被突擊的對象來得更加驚恐，而且動作實在是太生澀了。

「喝呀！」

她連罵都懶得罵、教也懶得教，就像示範正確動作般吐出短促的輕喊，把腳往對方預定會經過的位置一提，狼人少年就像把身體自動送上前去一般，被絆倒在地——「啊嗚！」更慘的是，手中的長戟同時脫離掌控，四腳攤平的狼人少年，墜下來的矛桿正好敲在後腦勺……「噗呃！」吐出長舌，昏死過去。

「吃我這刀！」

「討厭……沒完沒了！」

才解決掉一個，另一個又馬上接續補上位置，敵人的攻勢如此連綿不絕，一波未平，一波又起。

轉眼間，銀髮勇者身旁已經圍了十來名暴徒，哀聲嘆氣地躺成一片，然而被她放倒的對手卻連在街上作亂者總數的三分之一都不到，就在少女持續大顯神威撂倒對手的同時，敵人的增援源源不絕地從街角現身。

「警備隊到底在幹什麼，怎麼還不來啊？」

……要是有劍就好了！雪琳在心裡暗自痛罵和後悔。為了避免麻煩，她把可能會招來盤查的夜行工具和武器全都藏在了城外，自忖即使出了什麼問題赤手空拳也能夠應付，然而此刻的她只想回到過去朝當時走向樹林裡的自己屁股狠狠踹上一腳。

就算在同一批敵人中，戰鬥能力也存在著顯著的差異。

隨著雪琳擊倒越來越多敵人，接下來所遇見的對手也變得更加難以對付，漸漸地，即使強如銀髮勇者也開始汗流浹背。

揮舞著兩把「鋸劍」的狗耳男子，熟練地伏低身體，電速接近少女身側。

閃開撈擊，覷準時機，銀髮勇者將像蛇一樣的左手臂伸向對方腋下處，絞扭——抓牢，「唔喔喔喔！」以不可思議的力氣使出了俐落的過肩摔。

「哼嗯！」

即使背部撞在地上的同時，依然以手臂撐住，倒掛金鉤的腳尖錐踢反擊刺向少女的太陽穴，精湛的武技就連身為對手的雪琳也不禁想要讚賞。

兩人在轉瞬間交換了好幾次的攻防，她以手腕擋下對方的足技，狠狠踢進男子的心窩，「嗚啊——」對方發出破碎的哀嚎，身軀軟綿綿地垮下。

「呼……哈……呼……」

不知道多久沒有打得這麼疲累過了，用來阻擋對方攻擊的手腕像是快要碎掉一樣，她按住顫抖的膝蓋，差點無法站穩……胸口因著粗重的呼吸不斷起伏，彷彿隨時都會爆裂。就在此時突然——

「嗄啊！」

強烈的劇痛迫使雪琳當場跪下，低頭一看，一枝銳利箭矢射穿了小腿，甚至釘到了地板上，鮮血淋漓的模樣慘不忍睹。

「成功了！」

背後，偷襲得手的獸人放下十字弓，高興得手舞足蹈。

「你們這些卑鄙的傢伙……」

雪琳眼中噴出怒火，然而此時——

「雪琳！」

「惠……恩？」

更加急切的呼喚聲陡然刺激著耳膜。

她旋即回頭，赫然發現惠恩被好幾個暴徒抓住，正被帶往轉角。

他不斷掙扎卻徒勞無功，拚命地朝最信賴的伙伴伸出手求援——但是下一瞬間，從視野中消失。

「惠——恩唔啊啊啊啊啊啊啊啊——」

雪琳狂吼，想要往那個方向衝去，卻摔倒了。

秀嫩的臉頰擦過地表，磨破，滲血。

箭上……有麻藥？

銀髮勇者的眼中第一次出現了驚惶，在猛然發覺自己感受不到痛楚的情況下，逐漸失去對身體的主導權。

「她倒下了，別停手，趁現在！」

「繼續攻擊，用刀、用箭！」

獸人暴徒的高喊聲響遍了戰場，維持著半邊臉貼住地表，半邊臉卻依然能夠看見天空的姿勢，雪琳並沒有看見天空。

而是看見了朝身上招呼下來的無數金屬色光芒。

「那是什麼？」

瞇細雙眼，將手掌放到了眉毛上方的歐蘭試著想看清楚遠處的情況。當搖曳的火光和濃煙開始出現在夫・比昂涅吉大道的更後半段時，他的心裡閃過一絲憂慮，擔心事態會往更糟的方向進展。

在西市場開了一間同名的百貨公司的歐蘭，非常地以自己一手打造出來的店鋪自豪，雖然追根究柢那其實只是一家小得可憐的雜貨店，歐蘭卻每天都一心期盼著能與東市場「帕思百貨公司」分庭抗禮的那一天。

不知道那樣的日子還要多久才會到來，人有夢想總是最美，不過歐蘭此刻必須先專注在更重要的大事上才行。

他接受彌亞指派的任務，負責指揮「塔」的隊伍前進。

只是「塔」現在卻卡在這裡，動彈不得了。

地點是大道的中央圓環大廣場，堪稱魔城的心臟地帶，「塔」被困在重重的人潮之間，為了爭睹塔的壯觀模樣而不停聚集而來的人們反而讓塔陷入了寸步難行的窘境。

隊伍無計可施，只好暫時滯留在原地，並派出了人手回報本部請求進一步的指示，卻一直都沒有下文。

在這一個小時內都一直枯守著崗位的歐蘭終於忍不住想爬上塔去觀望現在的情

況，也因為這樣才會發現了異常。

正當他拚命地想弄清楚遠處到底發生了什麼事的時候——

「歐蘭！歐蘭，你快下來！」

「什麼事啊，沙蘭緹，我正在看……」

「不管你在看什麼，趕快下來，事情不妙了呀！」

「好啦好啦，我這不就來了嗎！究竟是怎麼回事？」

禁不住沙蘭緹急切的呼喚聲，歐蘭慢吞吞地爬出了塔。

一臉驚慌的沙蘭緹指著前方，一群人擋住了塔的行進路線。這並不是什麼新鮮的事情，反正塔早就被擋住了。

那群人的其中之一說：「我們想看看聖鐘。」

這就教人大吃一驚了。

歐蘭慌慌張張地搖手：「咦？不、不行，這座塔禁止上去，只有負責敲鐘的人例外。」

「騙誰啊，你不就上去了？」

「咕嗚——」輕易地就被對方抓住了邏輯上的破綻，歐蘭龐大的身體產生了一陣動搖，儘管如此還是不能退讓。

「那個……我也是例外，我是工作人員。」

「只是想上去看看，不行嗎？人家都說看到聖鐘就能帶來好運，你們憑什麼獨占啊？」

歐蘭露出了苦笑。「只要看一眼聖鐘就會帶來好運」這樣的傳言不知道是從哪裡先開始的，絲毫沒有可信的依據，不過考慮到聖鐘是第六天魔族——不，是全體阿爾洛諦絲女神眷屬的聖物，人們會有這樣的想法也就不足為奇了。

事實上，會拚命靠近「塔」的民眾，應該都是抱持著這樣的想法而來的吧！只是從祭典委員會的角度來說，也不能隨隨便便讓人靠近重要的聖物，他們最大的讓步，就是允許人們碰觸塔的底座，並宣稱會有一樣的效果。

歐蘭依照著彌亞事先交代的方針打算繼續拒絕，對方卻堅決不肯讓步。

「不答應我們的要求，那我們就躺在這裡不動好了。」

說完就真的有好幾個人一齊躺了下來，歐蘭到了這時候終於知道為何要把自己叫下來了，這些人大概一直都在用同樣強硬的方法為難伙伴吧！

「真的不能讓你們上去，請各位起來吧！」

歐蘭伸手去拉起其中一名年輕人，可是對方突然大叫：「呃啊啊啊啊啊——」

「你怎麼了？」

「我、我的手，嗚啊啊啊——這傢伙把我的手拗斷了！」

年輕人在地上大吼大叫，歐蘭和沙蘭緹都大吃一驚，年輕人的同伙揪住了歐蘭的衣領，並且用很誇張的語氣朝周圍大喊：

「看啊！各位，祭典委員會的這些惡霸不但不讓我們看聖鐘，還把我的朋友打成了重傷。」

「啊啊啊啊啊啊啊——」

倒在地上的那名年輕人則是更加賣力地演出。

「發生了什麼事？」

「哎呀呀——好像是打人啦！」

當周圍群眾的注意力一齊被吸引過來的同時，砰！有人一拳打在了歐蘭的鼻子上。

「我們要為朋友報仇！」

「制止蠻橫的祭典委員會！」

就連原本躺在地上的年輕人都突然爬了起來，自己為了自己報仇！一群人吶喊著衝向了隊伍，二話不說就朝工作人員揍了過去……編組在推塔隊伍內的大多是西市場內格外血氣方剛的小伙子，當然不會白白挨打，立時予以還擊。

「呃啊、嗚哇，別打架啊！」就在拳頭奏響的交響樂間，點綴著被捲入這團混亂的無辜群眾的東倒西歪的慘叫。

此時——

「大家一起爬上去，看聖鐘！」群眾間竟又爆出了一陣鼓譟。

至此，人們終於暈頭轉向了。

「快，慢了就來不及了！」

在完全失去了方向感的混亂中，有人如此大喊，原本還處在訝異與混亂間的民眾，一聽到這句話，就完全失控了，爭先恐後地湧向高塔。

「住、住手，你們不可以爬上塔去，哇啊啊啊，歐蘭！」

群眾混亂的高喊聲中夾雜著沙蘭緹的尖叫聲，沙蘭緹和伙伴們拚命地想要阻止人們，但是徒勞無功——塔的周圍可是聚集了總數破萬的人潮，就像一陣衝破堤防的憤怒海嘯，他們的防線猶如脆弱的沙堡一樣被沖散了。

「住、住手！」

被壓在地上的歐蘭顧不得鼻血、擦傷，渾身狼狽的模樣，但才剛爬起來卻又被絆倒。

「喂！乖一點吧，胖大叔，你這麼調皮我可是會很頭痛的。」

「放開我，立、立刻停止，混帳，知不知道自己幹了什麼好事？」

「不是混帳，是混蛋。」

「咦？」驚訝的歐蘭啞口無言，壓制著歐蘭的那名鬣狗耳男子嘻嘻笑了起來。

「等、等警備隊來，你們就完蛋了！」

「正好，我們也是萬分期待警備隊的到來呢！」

「什麼？」

「笨蛋，這才是我們的目的啊！不過就算警備隊來了，你真的以為他們會站在你那一邊嗎？」

鬣狗耳男子咧嘴露出嗜虐的微笑。歐蘭激烈地掙扎了起來，然而對方雖然體型瘦小，卻不知道用了什麼魔法，竟能讓他完全動彈不得。

「別再勉強自己了，大叔，胖子做劇烈運動可是很危險的，萬一你突然中風該怎麼辦？」

鬣狗耳男子體貼地關切道。

歐蘭聽見了萬眾雜沓的腳步聲中，夾戴著鋼靴清脆的聲響，遠處傳來的呵叱聲更是證實了這一點——警備隊來了。

「嗯……這下子就算賣給帕思老頭人情了，剩下的就不關我的事了。」

鬣狗耳男子的手飛快地移動——啪！歐蘭的關節發出了可怕的聲音，伴隨著慘叫聲，只是一個普通人的百貨公司老闆的眼淚立刻飆了出來，鬣狗耳男人咂了咂嘴，輕快地退離了他的身上，消失在混亂的人群之中。

騷亂、火焰、慘叫聲。

拖人的人與被拖的人……惠恩被三名大漢強行押至了另一條與夫．比昂涅吉大道交叉的大街。

此處早已不見任何人影，處處都是打鬥、遭受破壞的痕跡，門窗碎裂，有價值的商品都被取走，陰影中似乎隱藏著更多慘不忍睹的景象。

一盞魔石燈孤零零地守在崗位，成為這條街上僅存的光源。

「呼嘿嘿，到這裡就不會有人來礙事了吧？快點趁現在扒光他的衣服，把值錢的東西全都掏出來。」

三名暴徒環顧了四周圍，明顯戒心稍微放鬆了下來，打算開始洗劫惠恩。

「放開我！」

「安分點，臭小鬼！」

面對不斷反抗的惠恩，暴徒們惱怒了。

咚啪——暴徒狠狠地用刀柄朝拚命掙扎的少年頭上敲了下去，惠恩發出慘叫，背部撞上了魔石燈柱。

「給你一點教訓，讓你知道老子的手段。」

「喂！小心點，這小子看起來是頭肥羊，別把他身上的寶貝打壞了。」

看似首領的一人指著惠恩的鼻子拋下了惡語，兩側的暴徒則是不停獰笑。

「你、你們到底是什麼人，為什麼要做這麼殘忍的事……破壞祭典，襲擊人民？」

衝擊的力道讓整張面孔變得扭曲，跌坐在燈柱之下，撞歪了鐵杆的惠恩痛彎了背脊，噙著眼淚，又驚又怒地望著三人。

「你們是戰士吧！就算穿上了普通人的衣服，可是動作是瞞不住的。」

「喔？想不到你這小鬼眼神還滿銳利的嘛……哼，就算我大方承認，你又能怎麼樣啊？你這傢伙知道自己的處境嗎？區區一名俘虜少給我這麼囂張啊！」

「嗚……」

惠恩肩膀一縮，可是只維持了一瞬間，他幾乎是顧不得眼下的危險處境，橫眉豎目地怒喊：「當然是無法苟同你們，難道你們不知道大家有多期待這次的慶典，更付出了多少心血嗎？」

「你口中說的大家是誰啊？少在那邊自以為是了！」

惠恩愣住了，他沒想到暴徒首領對這句話竟然會起這麼激烈的反應。

「城市居民把我們排除在外，興高采烈地舉辦慶典，想到就有氣，所以我們才會接下帕思老頭的差遣。他交代只要在祭典的期間大鬧一場，不管發生什麼事都不會被追究，所以我們才會在這裡大撈一筆的。」

「你、你說什麼，名族？」

「嗚哇！老大，你幹麻把事情全抖出來啊？」

「大、大驚小怪什麼，他只不過是個重傷得什麼都沒辦法做的毛頭小子，一起上，把這小子宰了！」

「是。」

一聲令下，三名暴徒各自舉起了武器，往不同的方向散開。

惠恩感覺汗流浹背，一股寒意沿著脊椎猛竄了上來。

他看了看左右，寒夜中閃爍著會讓人的血液更加凍結起來的金屬色光芒。

短劍、拳刃、彎刀，每樣兵器彷彿都帶著凶殘的面孔，從三種不同的方向封盡了去路。

後腦勺流下冷汗。

怎、怎麼辦！

死亡揮舞著大鐮刀，它要過來了！

比黑夜還要更加黑暗的恐懼，連空氣都顫抖不已。

以他如今的狀況，根本不可能逃得掉。

然而，旋即，他甩開了畏懼。

即將癱軟的雙腳生出力氣，用力地站直。

一瞬間，再次流入胸膛的，閃電火花。

不，我不能讓這一切在此結束！

浮現在少年腦海裡，的是銀髮少女那對天青色瞳眸，和微笑的信任面孔。

在那個笑容還沒有破碎以前，他再次記起由自己說出的諾言……

為了那些付出一切，企盼著星見祭成功的西市場、貧民窟的子民，我不會讓它在我手中功虧一簣！

雪琳，請給我勇氣！

——咬緊牙根，覺悟！

「殺！」暴徒們一齊突擊而來。

看似避無可避，命運彷彿已然註定的那一刻，就在那一刻——

惠恩突然放聲大喊。

「喝哇！」

「呃呃呃呃呃——」

少年做出了向前方撲出去的動作。其中一名暴徒立刻有了反應。

「這個蠢蛋，太早了！」暴徒首領一面咒罵著一面想要跟上閉上眼胡亂揮出刀劍的同伴，但惠恩朝著看起來最緊張的那名暴徒做出假動作之後，接著就突然轉身。

他鼓盡了全身的力氣，朝著已經傾斜的魔石燈柱狠狠一撞。

受到這猛烈的一擊，原本就搖搖欲墜的魔石燈摔碎一地，現場頓時一片漆黑。

惠恩把握這千載難逢的機會，抓住了自己的手指。

以像是要扭斷自己手指頭的氣勢，惠恩轉動了手指上的那顆戒指。

夜視石之戒。

一瞬間，周遭的一切皆以散發出暗色紅光的形式映現到眼前。

無論是地面上吹揚飄起的塵土、每一顆破裂的魔石碎片、因為失去視野而亂成一團的三名敵人……在各自採取架刀、蹲下和轉頭望來望去並發出慘叫的三人之中，出現了巨大的缺口。

惠恩想也不想就往那個破綻間衝了過去。

「在這嗎？」

最先警覺過來的是那名首領，彎刀以平生僅見的速度掃向黑暗中的那一點風聲！

雖然失去了視覺，但是對於實力達到一定程度的戰士而言，就算只是露出一點點破綻也很容易被察覺，可是彎刀卻在黑暗中發出了鏗鏘的聲響。

「笨、笨蛋啊！你在做什麼？」

「咦？啊啊！對不起，老大，我以為那小子在這……」

暴徒首領暴跳如雷，揮出去的彎刀被同伴的短劍擋住了，兩個人的攻擊朝向了同一個目標，結果卻彼此牽制。此時，四周圍又陡然明亮了起來。

最後一名暴徒很快地點燃了火折，火光中照出了惠恩拔腿狂奔的背影。

「給我追上去啊啊啊啊啊——」

嗚！甩、甩不掉！

惠恩露出了絕望至極的表情。

縱使是被軍隊逐出的淘汰分子，曾經身為戰士的他們和少年之間的體能差距依舊太過巨大，雙方之間的距離正在無情縮短。

再這樣下去……

重擊！不，是刺痛。

惠恩發出慘叫聲滾到了地上，他被追兵投擲的匕首刺中，失去重心最後撞上了路邊的木棚。

狂暴的塵煙四散揚起，木棚間的貨物東倒西歪。

「咕呃……」

惠恩從一片天旋地轉中被人抓著衣領提了起來。

「我看你還能跑哪裡去，給我去死吧！」

「啊、啊啊……」

無從迴避的惠恩，只感到頭皮一陣發麻，舉起手臂試圖抵擋。

然後，就在三道刀光齊聲落下的時候——

「五步詠唱——燄擊——火龍！」

「咦？」

三名暴徒抬頭向上望，臉上的表情一瞬間凝固。

捲攪翻騰的焰之巨龍，在半空中張牙舞爪急襲而來！

「嗚哇啊啊啊啊啊啊啊！」

被火龍當頭徹底吞沒的暴徒們三兩下就被烤成了焦炭，在沙啞的哀號聲中頹然向後倒下。

「惠恩大人！」

耳裡傳來倍覺熟悉的擔憂大喊，聽見這個聲音讓惠恩感到心安。

「帕思莉亞！」

兔耳少女突然在眼前現身，立刻衝上前抓住惠恩的肩膀不放。

「嗚、嗚哇，惠恩大人，您有沒有怎樣……啊啊！您受傷了，可惡，是哪個王八蛋！我一定要把你燒成灰！」

「帕思莉亞，可是妳已經把他們燒成灰了……嗚啊！拜託不要再搖了，痛痛痛痛！」

帕思莉亞趕緊鬆開手，藍髮少年好不容易才從骨頭散掉的危機中脫身。

「帕思莉亞，妳怎麼會在這？抱歉，我沒有聽進妳的勸告，而且還弄成這個樣子……」

「現在不要再說這個了，惠恩大人，只要您沒事就好……不，不對，應該趕快治療。」

看著遍體鱗傷的惠恩，兔耳少女心痛得眼眶都泛紅了，「傷藥、傷藥！」她忙碌地在口袋中東翻西找，取出一瓶暗紅色的藥水。

「我還好……」

「惠恩大人，這時候就別再逞強了。」

打開瓶塞，帕思莉亞先餵了惠恩一口，然後將些許藥水灑在傷處，小小的胸脯和雙肩忍耐住顫抖，俐落地完成了治療。

惠恩搖了搖頭。

「這種小傷隨便弄弄就好，我們必須趕快動身去『塔』那裡吧！」

帕思莉亞嚇了一跳。

「您在說什麼呀！您都傷成這樣了……而且現在城裡到處都是一片混亂啊！」

「不！帕思莉亞，這場騷亂是有心人引起的，正因為是這樣，我們才更要去塔那裡……去讓星見祭圓滿成功，粉碎他們的陰謀。」

「耶？」

帕思莉亞慌了，惠恩正以她所不曾看過的堅定表情，傳達著自己的信念。

正當她猶豫著該說些什麼……

「找到啦！」

粗魯熾熱的聲音讓惠恩、帕思莉亞迅速轉過頭。

接著倒抽一口冷氣，兩人背後不知何時，新增了超過十來餘名的追擊者。

他們各自穿著平民的服裝，而非盔甲，卻裝備著精良的武器——從他們擺出的架式看來，毫無疑問也受過打鬥的訓練。

「這、這麼多戰士？」

「什、什麼呀？您是說他們是軍人，怎麼可能，這些人看起來就跟無賴沒什麼兩樣啊！」

惠恩很想解釋他們都是被名族煽動前來搗亂的前軍人，但是已經沒有時間了……站在最前方的虎耳男軍刀一揮——如同下達了作戰的信號。

「大伙們，收拾他們！」

「嗚呀呀呀呀呀——」

暴徒們口裡齊聲怪叫著猛衝了過來。

惠恩和帕思莉亞嚇得互相緊緊抱在一起。

「帕、帕思莉亞，還有沒有魔法可以用，快阻止他們啊？」

「這、這不可能啦，就算是我，也不可能一次擋住他們全部呀！」

帕思莉亞嚇得臉色發白——就算詠唱的功力再怎麼純熟，一次也不可能同時對付超過一名對手，這正是魔法師的宿命。面對眼前一整排的敵人同時發起的強攻……到底該先對付誰，誰最具有威脅性？抬起的手臂左右游移猶豫。

正當兔耳少女舉棋不定之際——

颼——某樣旋轉著發出風聲的物體，從帕思莉亞的肩膀上方飛了過去。

「嗚呀！」

電光石火，特大號的一記慘叫。

衝在最前方的虎耳男仰起腦袋，應聲倒地，一柄不起眼的小鐵鎚輕快地落到了地板上。

「是……是誰？」

突來的驟變讓惠恩與帕思莉亞也不禁目瞪口呆，兩人轉過頭，發現身後居然憑空出現一大票身影。

「總算趕上了，這位大人是咱們西市場的貴賓，誰也別想動他一根寒毛！」

一肩扛起……鐵匠的大槌！身後站列無數人馬，並露出殺氣騰騰微笑的，正是黑皮膚的獅耳女郎彌亞。

「——兄弟們，給我上！」

大鎚一揮，彌亞身後的人群發出與對手相比毫不遜色，甚至更加高亢的怒吼聲衝向暴徒。

他們是鐵匠、店員、清掃工、木匠以及西市場中各行各業的樸實居民，手裡頭拿著的也不是正規的武器而是鐵鎚、掃把、鑿子以及各式各樣的工具。

「發、發瘋了是嗎，拿著那些破銅爛鐵就想攔阻我們？」

暴徒啐了一口痰唾然後舉起武器直直地往下劈──噹！

不可思議，鋒利的大劍就這樣被火炭夾給夾住了，暴徒的雙眼暴凸出眼眶。

「喔啦啦？現在是要比拼傢伙的硬度了嗎──本城品質最好的鐵具一定是出自俺鋪子裡頭的產品哇啦啦啦啦！」

鐵具屋名本鋪「劍與驢子」的鍛造師，氣勢如虹，鐵鎚一揮，匡啷──大劍竟然斷成兩半。

戰場的另一邊──

「哼嗯嗯嗯嗯！」

「呃啊啊啊啊啊──這是什麼怪力啊！」

雖然攻擊被擋住了可是毫不氣餒，手持鐵圓鍬的築路工人雙臂隆起肌肉繼續往前推，他的對手只能慌亂地看著自己不停地被擠後退，同時在地上留下兩道長長的溝痕。

近側，舉起大鐵鍋當作盾牌的婦女，則是展現出萬夫莫敵的氣勢，用湯勺敲爆對手的腦袋。

「臭小子，下次再給我吃霸王餐試試看啊！」

「呃啊、呃啊！我以後不敢啦，媽媽！」

「誰是你媽媽啊？」

在年紀與自己的老媽相仿的婦人面前感受到某種無法抗拒的威嚴，即使是外表再怎麼凶殘的暴徒也不得不抱頭鼠竄。

最慘烈的還是這裡……

「呀……怎、怎麼回事，我怎麼突然不能動了？」

男子突然發現自己被不知從哪來的繩子給捆得動彈不得，緊接著皮膚上傳來一陣火燒般的痛楚——

「好燙！怎麼是蠟油？嗚哇！」

「嘻，準備好接受調教了嗎！」

細長的鞭影迎頭落下，劈！啪！——看了讓人渾身起雞皮疙瘩，這——就是傳說中連上代的第六天魔王都甘拜下風的耍鞭子技巧，使出此等絕技的變裝蒙面貓女郎，據說還有人曾親眼目睹她們把魔王踩在腳底下的恐怖畫面。

「哇啊啊♥」被狠狠抽打的男人臉上的表情不忍卒睹……只不過聲音聽起來怎麼有些愉悅？

其餘的成員們也各自展現看家本領，和暴徒們展開一場激烈的混戰。

雖然對方勝在武器精良，並且受過正式的戰鬥訓練，然而彌亞所帶來的人數是他們的三倍之多，雙方一時鬥得旗鼓相當。

「陛下，您無恙吧？」

混戰正進行得如火如荼，彌亞來到了惠恩身邊，屈膝垂首探視魔王的狀況。

在帕思莉亞的幫助下，總算暫時止住了血，然而臉色依舊有些蒼白。

「彌、彌亞小姐……」

「抱歉，咱們來遲了，事情發生得太突然，姐姐匆匆忙忙間只來得及聚集到這一點人手。」

「不，請不要這麼說，我才要謝謝你們前來搭救。」

「名族已經正式和咱們宣戰了，這群混帳傢伙……」

彌亞惡狠狠地啐了一口，接著又恢復憂慮的神情，仔細看著魔王。

「幸好您沒事，萬一您出了什麼意外，姐姐有幾條命都賠不起……現在請前往安全的地方吧！」

「不，我、我要趕過去塔那邊。帕思莉亞，麻煩扶我起來。」

「太危險了！」

帕思莉亞和彌亞聞言同聲反對，「您的身體狀況太差了。」

「現在的城裡到處都很亂。」她們各以不同的理由勸藍髮少年打消念頭，但惠恩卻以不容置疑的目光注視兩人。

「我不能夠就此停下腳步，大家為了今夜所付出的努力，就是為了讓一切實現……彌亞小姐，難道我們做了這麼多，卻要在這裡半途而廢嗎？帕思莉亞，就麻煩妳支持我想做的事情吧！」

「惠恩大人……」

「陛下……」

兩名少女咬著嘴唇，露出既想搖頭又不知該從何反對起的猶豫表情。

結果是獅人女郎率先搖了頭。

「就讓他去吧，帕思莉亞老闆。」

「咦？」

「姐姐曾經聽大人說過的，會露出這樣神情的男人們就是已經不會聽勸……在這種時候，女人家唯一能夠做的，就只有在背後好好支持他們，這樣才能被稱為賢內助。」

「賢、賢內助是嗎？」

帕思莉亞通紅著臉，開始做起一大堆無意義的妄想。

惠恩大人的賢咕嘿嘿嘿嘿……啊！

可是她隨即搖了搖頭，把妄念驅逐出腦海。

「但是，這可是攸關惠恩大人性命的大事啊！性命和願望到底哪一個比較重要？」

「我、我不怕。帕思莉亞，拜託妳了……」

「惠恩大人……」

躊躇之間，腦袋上的兔耳朵不停抖動著，看得一旁的惠恩五內如焚，但是他知道，小小忠臣的內心正在天人交戰。

「彌亞大姐，請快來幫忙，我們快撐不住了！」

「啊啊！知道了，姐姐這就過去！」

聽見同伴的呼援，彌亞掄起大錘，拋下「您好好思索吧」這句話之後，便頭也不回地奔赴向戰場。

「帕思莉亞……」

「唉，真是的，您究竟要為難我到什麼地步？」

經過片刻，帕思莉亞總算得出了結論。

然而，換在她臉上的表情，那是……

「可是，這答案不是很明顯嗎？惠恩大人，打從那日在元老院中見到您毫不畏懼地和名族們展開激烈辯駁的身影起，我帕思莉亞就已經下定決心，要終生追隨您了。」

兔耳少女輕輕搖著頭。是啊，自己所仰慕著的，不正是他那不畏艱難強勢，所表現出來的強韌意志嗎？為何反而是自己先膽怯？

「既然這是您的堅持，那麼我不會再攔阻您。相反地，即使要粉身碎骨，我也會讓您完成目標！」

帕思莉亞抬起頭來，換上了一副截然不同的表情，怒視起後方的追兵。

「那麼就讓我，帕思莉亞，來替惠恩大人擋住想妨礙您的傢伙吧！」

「帕思莉亞！」

「快走吧，惠恩大人，請您千萬不要對自己的決定感到後悔！」

僅只是躊躇了一秒，惠恩咬了咬牙，旋即轉身不顧一切地衝往身後的黑色巷道。

「謝、謝謝！」

背對著深黑巷口的帕思莉亞，此刻又會露出怎麼樣的神情呢？兔耳少女微微聳了聳肩，手底的動作倒是一刻也沒停下。

「五步詠唱……冰華——散霓陣！」

Unemployed Heroine and Devil's Guard

ch.3 塔下攻防

只有在狹窄通道的一線隙縫中，可以看見天頂上閃爍的星星光芒。

忍住撲鼻的潮濕氣息和惡臭，泥水飛濺，在這條通向夫．比昂涅斯大道的捷徑中，一條決絕的身影奔跑著。

有著藍色頭髮和高貴身分的少年，迎視著這條狹長道路盡頭璀璨的燈火，那並非暴亂的火焰，而是繁華祭典的謳歌。

如果……如果還來得及……加油啊，我一定不能倒下。

鼓舞傷疲的身軀，發揮出跨越自身極限的堅韌，惠恩將疼痛感拋諸於腦後，一心一意趕往「塔」的位置。

我的身體啊……一定要……撐住！

然後，衝出暗巷的惠恩，被眼前的景象所震懾。

「塔」——就在前方。

好高！從前一直都只是從遠方望著，然而一旦真的在這麼近的距離相遇，才發現任何言語也無法道盡它的雄偉。

這樣的感動也只是維持了一瞬間。

惠恩立即就察覺……

太過安靜了！這股不自然的壓抑氛圍，究竟是怎麼一回事？

「啊，那、那是……」

「報告，騷亂已經平息了，帕思維爾大人。」

星見祭的神聖祭壇，眾人虔敬瞻仰的那座「塔」，如今變成誰也無法靠近，重重兵力森嚴把守的場所。慶典的氣息蕩然無存，取而代之的，是一股揮之不去的壓抑與沉默。

一群訓練有素，武裝精良的士兵圍繞於塔底下，壓低的槍尖卻對準了參加慶典的民眾，一副恫嚇的姿態。

統御元老院最大派系的名族首領，正拄著手杖佇立於塔前，悠然地聆聽警備隊員們的匯報。

「做得很好，卑賤的平民本來就不應該任意接近神聖的祭壇。」

兔耳老人一點也不在意來自四面八方的怒視，怡然自得地說著。

「帕思維爾大人，您這是在做什麼？」

「喔喔喔？」

聽見了來自背後的悲憤呼喊，帕思維爾慢慢地轉過了頭。

「我還以為是誰在那裡亂吠，原來是你啊，歐蘭……聽說你一直想用那間破爛小雜貨店跟我家的百貨公司作對，都一把年紀就別再像小孩子似的做白日夢了不行嗎？」

「住嘴，我的歐蘭百貨公司王朝業績蒸蒸日上，有朝一日定能在這片大陸上颳起名為物流革命的風暴……不對，這不是重點，請您先回答，為什麼要把我們綁起來？」

歐蘭又驚又氣地喊著，他和來自西市場的伙伴們全都被人用繩子緊緊縛住，集中於一個區塊，由警備隊員們嚴加看管。害怕的沙蘭緹瑟縮躲在百貨公司老闆龐大的身軀後面，連頭都不敢抬。

「咦，這不是理所當然的嗎？有人通報中央圓環大廣場上發生了暴力鬥毆事件，所以我才率領警備隊過來處理，必須把涉案雙方都暫時先抓起來，才方便接下來的調查審問，難道不是這樣嗎？」

「我、我們可是經過元老院核可的祭典主辦方，您要抓的話，也應該是把鬧事的傢伙抓起來才對吧！」

「是啊是啊，就如你所說，我可是一視同仁，兩邊都進行了處置喲！」

帕思維爾優哉游哉地說道，瞥了一眼歐蘭對面的集團。那群滋事者雖然也被警備隊員縛住，雙方的待遇卻有著極大的不同……看管著滋事者們的警備隊員個個放任戟尖指向天空，然而在另一邊，同樣的戟尖卻凶惡地對準了歐蘭他們。

要說哪邊更被當成是罪犯實在太清楚不過了。在鬧事分子之中，甚至還有人嘻嘻笑了出來，愉快地和警備隊員抬槓，一點也沒有階下囚的樣子。

「可、可惡……再這樣下去，星見祭的行程就會被耽擱啊！」

「這點你不必擔心。」

「咦？」

「我會接手完成的……正確來說，是我們名族會接手完成。當然，事後一切的榮耀也將會歸屬於我們。」

「什麼？這怎麼可以！為了辦好這次的祭典，我們努力了這麼久，名族怎麼可以趁這種時候才來收割——啊！」

歐蘭咬牙切齒地怒瞪向帕思維爾。

「難道說這一切都是你們預謀好的嗎？」

兔耳老人的臉上露出歪扭的笑容。

「事到如今才領悟已經太遲了，歐蘭，現在無論誰來都無法阻止事態的發展了，哈哈哈哈！」

「請住手。」

「哈哈咳咳咳噗呃哇哇……咦？」

「咕啊啊啊啊——」

大鐵鎚揮過半空，將鐵劍砸在牆上，鋼鐵應聲斷為兩半。

彌亞趁此機會抬起腳，閃電般踹進敵人的腹部，「噗啊——」眼前的暴徒發出無法置信的吶喊，伸出舌頭腦袋歪了過去。

即使並非戰士，然而經歷長年勞動所鍛鍊出來的臂力依然不可小覷，擊倒了這名對手，彌亞將鐵鎚往地上一放，終於可以喘一口氣。

抬眼望了望四周圍，戰場一片凌亂，這批暴徒們都已經收拾得差不多了。

「真累……」獅耳女郎抹了抹汗水。

「呼，幸好這名大人是站在我們這一邊的啊！」

彌亞語帶慶幸地喃喃說著。她所率領的工匠和商人對上武技精良的戰士，照理說應該要被打得落花流水才對，但一切都因為那個人的參戰，把本來該發生的頹勢扭轉了過來。

名為帕思莉亞的兔耳少女，在一群外貌粗獷的工匠間顯得格外受人矚目，不單是因為那副矮小的身材，其身上明顯的草食動物特徵，是與平民截然不同的階層——「名族」的標誌。

聽說即使是擅長魔法的名族，能夠同時兼具「魔法使」與「戰鬥法師」兩種身分的也不到十人……這名大人果然就如傳說中一樣，是獨一無二的天才。

彌亞暗暗向對方表達欽佩，接著轉過身。

「該死，不知道那邊現在怎樣了？」

她抬頭所仰望的，自不用說，當然就是那座重要的高「塔」了。

在整個星見祭的計畫中，即便在大道兩側布署了眾多的商販來壯大聲勢以及營造熱鬧氣氛，但最重要的終究還是「塔」以及其上的「聖鐘」，如果用彌亞自己的話來說明，「促銷活動的附贈品怎麼可以喧賓奪主」，她一定會以無比的氣勢如此主張。

「還是一點動靜也沒有的樣子啊……可惡，真叫人擔心。」

獅耳女郎用力拍了拍自己的大腿。

從夜半開始，塔已經好幾個小時都沒有移動過位置了，若是按照事前估定的時間軸來算，現在早該通過圓環大廣場，在元老院前準備進行最後的敲鐘儀式了吧！

一股不安的預感在彌亞心中縈繞。

彌亞敏銳地關注自己的內心，那種難以形容的酥癢感覺——每次遇到市場物價大跌，或是原物料大漲的危機的時候，尾巴就會發癢到令她難受。

這種無法以一般方式解釋的徵狀，只能以「商人的第六感」來形容，儘管毫無根據，彌亞卻一次都不曾忽視內心直覺的呼喚。

她認為這就是她之所以能在商場上無往而不利的關鍵。

「這次別說是尾巴了啊，姐姐是連屁股都快癢到脫毛啦！」

彌亞嘴裡吐出了辛辣的言詞，一面跺腳一面叨念。

必須採取動作才行！

彌亞轉頭看了看伙伴的情況，確定事態已經進入掌握，眾人也開始井然有序地在進行善後工作了，於是下定了決心。

為了減輕重量，她拋下鐵鎚，接著奔入了黑暗的小巷，依循著和十幾分鐘前離開的少年相同的道路，獅耳女郎任由身影一下子被黑暗吞沒。

「嗚呃咳咳咳咳咳咳……」

「帕、帕思維爾大人！」

警備隊員們都慌了。

再怎麼說，帕思維爾都是上了年紀的老人，要是一個不小心在此出了什麼意外，會對第六天魔族的政局產生不好的後果——更重要的是，沒有一位公務人員會樂意見到長官在自己面前嚥下最後一口氣。

一時之間，帕思維爾就像魔王般被手底下的人團團簇擁了起來。

「大人，振作啊！」

「請您千萬不能死啊，帕思維爾大人！」

「快、快點進行胸外心肺按摩，什麼，人工呼吸也要嗎？嗚噁嘔嘔嘔——」

帕思維爾全身上下，能給人捏的地方都給人捏了，不能給人捏的地方也通通被捏過了一遍，氣得他大喊：

「通通給我住手，我還沒有死呢！」

警備隊員慌慌張張地退開了。帕思維爾喘著氣，額角冒出了冷汗。

那個聲音……不會吧？

「嗯、嗯咳！難道是我說的還不夠清楚嗎，帕思維爾大人，請你命令警備隊員為祭典委員會的成員們鬆綁吧。」

「什麼！」

帕思維爾將雙眼睜到了最大，圍繞在名族老人身旁的警備隊們也同樣無比愕然……那是一個非常純粹，找不出有任何毛病的命令句式。

究竟是誰這麼大膽，用這種口氣對名族說話？

不約而同地，眾人一齊掉頭轉向聲音的來源。隨著掃遍廣場的眾多視線最終匯聚交會之所，人群就像傳說中分開海水的英雄所做的那樣朝兩旁分開……露出了一塊空地，以及站在其中的那名少年。

啊，原來是個搞不清楚狀況的人啊！

正當眾人心裡擅自為這番光景下定結論，同時間醞釀出一股既安心卻又有點小小失望的氛圍，帕思維爾卻發出了奇怪的聲音，連手杖都差點脫手掉到地上。

「咕哇啊！惠惠惠惠惠恩陛下！」

在場的所有人中，唯獨他一個人知道來者的真實身分，劇烈的反應讓周圍的群眾又再一次吃驚起來。

「您您您怎麼會在這裡？」

面對名族老人激烈的動搖，藍髮少年露出苦笑。

日後，那天夜裡目睹了整起事件的人們，將會無數次地把它拿出來當作茶餘飯後的話題——

「咱們第六天魔族裡最高貴的名族，居然被一個不知從哪裡跑出來的小毛頭嚇得魂飛魄散哩！」

聽眾則是會以不以為然的口氣勸：「你還是少喝點酒吧！」最終得到「胡說八道，老子還沒醉呢」這樣的回應。

然而回到當下的這個時間點，帕思維爾，那張扭曲乖張的面孔完全超出了筆墨可以形容，微微痙攣的嘴角，非得經過了好一陣子才能恢復如初。

「這、這是怎麼一回事？陛下，能請您給個說法嗎？」

藍髮少年點了點頭，眾目睽睽之下，緩緩向前跨出了一步。

他的模樣真是悽慘，他看起來蓬頭垢面，神色就像是熬了一整晚的夜後又跑去進行激烈的長途賽跑那樣疲憊不堪。

湛藍的頭髮化作一辮辮被汗水和髒汙擰到了一起的粗繩。人們不是對於少年本身，而是對於那件有著上好質地，卻不知為何破成一條抹布般的衣服感到了同情，並且，很有默契地假裝不去在意衣服上的那些斑斑紅漬究竟是什麼。

但是，光只是去注意他的外表，卻沒仔細注意真正重要的地方，群眾都沒發現——看起來隨時都會倒下去般疲倦的少年，雙眼依舊炯炯有神。

此刻的惠恩早已沒有多餘的力氣注意周遭的竊竊私語，對於四面八方投射而來的充滿敬畏以及好奇的視線也變得再不重要。他有種錯覺，自己彷彿回到了那一天站在元老院之間和眾多名族們對峙的時刻。

那個時候也是……

在極度疲累的精神狀態下，惠恩反而達到了某種心智清明的境界。

另一方面，兔耳老人深吸了一口氣，鼓起胸膛，大聲地質問道：

「您該不會是忘了和元老院有過約定，未經許可不得出現在正式的政治場合中吧？」

「嗯？您說這是正式的政治場合，不過我看起來不像啊！」

「咦？」那是什麼反應？帕思維爾聞言茫然若失，魔王回話的態度竟是出乎意料之外地理直氣壯。

惠恩淺淺地露出了有些疲憊的笑容。

「我只是來參加人民們的慶典而已。」

「什——」

「受邀參加我族古老的祭典，能說和政治扯上關係嗎？帕思維爾大人，您也是這樣想的吧！說到星見祭，那是無論是哪種身分，都可以平等沐浴在女神的星光之下的，不是嗎？」

「這、這……」

帕思維爾一時語塞，那兩顆小小的滴溜溜不停打轉的眼珠，說明了兔耳老人此刻心中的無限慌亂。

等、等一下，這真的是我所認識的惠恩嗎？那個總是唯唯諾諾的雛鳥魔王到哪裡去了？

「如何呢，帕思維爾大人，您還是認為我不該出現在此嗎？」

帕思維爾還來不及整理思緒，惠恩便已經再次催促。

這下子，帕思維爾真的感到棘手起來……

臭小子，想不到竟然會在這種時候搬出「祭典」兩個字當擋箭牌。

和庇佑人類的光之神相對的黑暗女神阿爾洛諦絲的宗教儀式，是被稱之為第六天魔族的獸人一族最重視的傳統文化……要是現在在眾人面前主張「作為退位的魔王沒資格參與祭典」，絕對會招致群眾的怒火吧！

不得已，他只能臉色鐵青，無奈地退讓了一步。

「既然如此，那麼我就承認，您確實有出現在此的正當理由。」

「謝謝您的明理，帕思維爾大人，接下來就讓我繼續提問了——為什麼要擅自把這些人抓起來？」

「他們在神聖的儀式中引發混亂，必須抓起來好好調查。」

帕思維爾露出了得意的冷笑，舉起手杖對著歐蘭一群人，成員中較為年輕氣盛的小伙子們紛紛發出了受辱的咆哮聲，警備隊員們隨即緊張地架起武器。

「怎麼樣，我這可是有正當理由的。」

惠恩受到帕思維爾瞇細雙眼注視，對方表情彷彿說著「看你怎麼接招」般充滿了惡意，但是，藍髮魔王對這番攻擊絲毫不感動搖，冷靜地開口：

「說到混亂，城中似乎也正到處引發著混亂。帕思維爾大人，如果引發混亂的人必須接受調查，現在就請您舉高雙手吧。」

「呀？」

惠恩悄悄地走近帕思維爾，壓低了音量。

「我手上握有名族指使浪人們作亂的確切證據，帕思維爾大人，要是我把這件事情立刻公布出來，您看會如何？」

「你你你你你……你這是在威脅我？」

驚慌失措的帕思維爾露出彷彿被雷打到的表情，倉皇轉動眼珠子。

「比起名族無所不用其極地想破壞祭典，我打算留下一條後路，這樣一來，您還能暫時在眾人面前保有名譽吧？」

惠恩垂下眼眸，讓目光向前直視越過名族老人的肩膀，並以一句由冷酷聲音所構成的話語作為結尾。

「去做您該做的事情吧！」

說完這番話後，故意不去看帕思維爾表情的惠恩，安靜地與他擦身而過。

一步步僵硬地往前走著的過程中，魔王低下了頭。

真不可思議，我居然也能用那種方式說話？

背對帕思維爾的惠恩，臉上的神情洩漏出了所有祕密——其實他的心情一點都不比對方輕鬆。

不過，再怎麼害怕，我還是得鼓起勇氣去做！

他一邊走一邊攤開了掌心，遍布指甲深刻捏緊過的血痕，說明了他的心情是如何像驚濤駭浪一樣翻湧。

「帕、帕思維爾大人？」

「呶嗚嗚嗷——」

警備隊員們提心吊膽地望著被留在原地的名族老人。只見他咬緊兔唇，雙肩顫抖，兩道白煙不斷地從兔子耳朵裡徐徐冒出。

啪的一聲，帕思維爾憤怒地將手杖折成了兩半，面紅耳赤地朝手下大喊：「在等什麼，還不快點把他們放了？」

「啊！是、是……」

警備隊員們慌慌張張地展開了動作，不一會兒，歐蘭他們全部重新獲得了自由。

「惠恩！」

帕思維爾的厲聲高喊自背後響起，惠恩轉過頭。

「別以為你已經贏了！」

名族老人抓著半截手杖指向藍髮少年，以勝利的口吻大喊：「你們以為這麼簡單就可以圓滿完成星見祭嗎，抬頭看看天上吧！」

惠恩與歐蘭他們照著他的話做了。

接下來，他們臉上各自浮現了訝異、驚慌，以及錯亂的表情。

最先反應過來的是惠恩。

「快一點，天要亮了！」

美麗的山稜線上方開始悄悄泛起魚肚色的光澤，山的後方隱隱約約可見，有一顆比滿天的星辰更大、更亮的寶石就要浮出地平線。

剎那間，惠恩的臉色變得像東方的天空一樣慘白。

「還有沒有敲響聖鐘，星見祭還沒有結束！」

聽到他這句大喊之後才醒悟過來的歐蘭和沙蘭緹眨了眨眼，二話不說立刻衝往塔下。惠恩已經抓住了門把使勁搖晃，可是那扇木門就是紋風不動。

「鎖、鎖起來了！」

惠恩哭喪著臉望著歐蘭和沙蘭緹。

「怎、怎麼會，該不會是那些警備隊員趁我們被綁住的時候做了手腳？」

「讓開，讓我來！」

惠恩與沙蘭緹隨即側身到一旁，胖嘟嘟的雜貨店老闆挽起袖子，挺起肩膀，朝著堅實的木門用力一撞──

砰咚──

「歐、歐蘭，你沒事吧？」

「唔……媽媽，再、再讓我睡十分鐘欸嘿……」

「糟、糟糕了，歐蘭他因為撞到腦袋心智退化成幼兒了……不對啊，現在不是讓你耍寶的時候吧，趕快起來！」

沙蘭緹又驚又急地抓住了歐蘭的上半身拚命搖晃，後者的腦袋瓜上冒出了一顆又一顆的金星。惠恩用力地敲打著塔樓的木門，砰砰砰砰！

「呃啊──」

少年將全身伏垮在木門上面，發出絕望的吶喊。

「呵哈哈哈哈！星見祭即將失敗，同胞們，請看吧！這就是平民妄想逾越傳統的後果，缺乏古禮中最重要的一道關鍵，將會招致女神的憤怒！」

帕思維爾高舉雙手放聲大喊，群眾因為他的這番話爆起了一陣不安的騷動。

「什、什麼，女神會憤怒嗎？」

「怎麼會？我本來很看好他們的呀……」

交錯的不安、恐懼，潰散蔓延。

「這件事證實了，平民根本就不該企圖擁有自主權，物種的天生差異是不可抹滅的，唯有服從睿智的名族領導才是正途。」

帕思維爾繼續加油添醋地喊著。

「難道他說的是真的嗎……」人群間，有不少人露出茫然的神情，低語著吐露出心聲。

帕思維爾感到一陣飄飄然，深信自己已經完全取得了勝利。

雖說事情沒有完全按照他的劇本來演，不過到頭來他終究沒有輸，既然不是輸，那就算是贏了對吧？

細想那麼多也無用，只要看見西市場那幫人臉上露出的喪氣面孔，就比任何消遣都更讓人大樂。

蠢蛋，哈哈，活該！

他和好幾個隱藏在人群之中的名族交換了心意相通的眼神。

頑劣的西市場商人工匠組織得到了應有的教訓，平民中的最後一道反抗勢力也被擊垮，名族們自此可以高枕無憂。帕思維爾覺得幸福美好，看哪！那即將升起的晴朗日光，四下朗朗迴盪的清亮鐘聲，彷彿都像在祝福未來的前程似錦，多麼地……等等！

「鐘聲？」

帕思維爾迅速地扭過頭去，看見了躲在人群裡的名族和身旁的手下，個個都是一副驚訝得下巴快要掉下來的表情。但是他再次確認以後，發現自己並沒有聽錯。

隆隆的鐘聲莊嚴迴響著，噹噹噹噹噹……

廣場上的人群，全都停止了喧譁。

靜得像是時間都停滯了下來，日光推遲了嗎？東邊的天空，好像有一瞬間凝滯在那裡，它們猶豫著，等待著，直到鐘聲確確實實地傳達了出去以後，風和雲才開始展開行動，朝霞的曙光才像約定好了似地慢慢地探出頭。

人們的表情也凝固了。

他們有的張嘴望天，有的閉目虔誠祈禱，有的展露笑顏，有的露出平靜的表情無聲啜泣……不必經過時間的允許就從臉上滑落的淚水，大概是這個時刻裡流動得最為快速的事物了。

但是帕思維爾不能理解，塔下的惠恩三人也都面面相覷，「宴會結束了！」猶如這麼大喊著的朝陽從東方的山頭一躍而起，把星星們都趕走——眾人此時看見了塔上敲鐘的那道身影。

「彌亞啊啊啊啊啊啊啊！」

名族老人的怒吼聲，讓站在高處的獅耳女郎，尾巴微微晃動了一下。

「如何，滿意嗎？自以為高貴的名族的大人們啊，快聽聽這清亮的鐘聲！」

獅耳女郎兩手抓著巨大的圓木撞槌，使勁推向懸掛的巨鐘。

「這就是我們也能做到的證明，讓即使是如此渺小的我們的『民意』也能直達神聽的最確切證據啊！」

迎視朝霞，鼓起臉頰、睜大雙眼，任憑汗水涔涔而下，臉龐、肌肉均因為費力的動作而泛紅，騰散出絲絲熱氣。

彌亞只是一個勁地接住反彈過來的撞槌，全心全意，不斷敲響聖鐘。

「這、這不算……真正的儀式應該要在元老院前完成……」

可憐的帕思維爾此刻四肢發軟地癱坐在地上，無力地喃喃囁嚅，只可惜這番話語，在高亢的鐘聲浪潮中，已經完全沒人聽得見。

「啊、啊啊啊啊……」

「帕思維爾大人！」

藍髮少年不知何時站至自己身後，帕思維爾嚇了一大跳。

「噫呀？」

「您失敗了。」

那雙眼眸中既不帶著仇恨，也早已平息了憤怒，受到蘊含寬容與平靜，有如湖水般澄澈的目光凝視著，帕思維爾的心情既困惑又混亂。

「你說我失敗了？」

「人民的力量是抵擋不了的，正如您所見，即使是您向來看不起的平民，也能用自己的力量，靠自己的雙手，完成偉大的事。」

望著聚集在塔下方，相互慶賀祭典成功、永夜結束的獸人們，藍髮底下的那張面孔露出的無限溫柔表情毫無虛假。

「我想，是時候讓名族也放下傲慢，和平民一同攜手打造第六天魔族的未來了。」

堅定的容顏，一時之間，奪去了名族老人的注意力。

回過頭來，惠恩朝帕思維爾伸出了手，他露出訝異的表情。

「你要我和平民一同合作？」

「正是如此。」

「不是在痴人說夢嗎？」

「雖然說有些事或許並非一蹴可成，但是總要有人踏出第一步，您身為元老院的主席，相信您一定能夠這麼做。」

帕思維爾靜默下來，不斷反芻著魔王這番話。接著，他猶豫了許久，手臂，慢慢地抬了起來。

逐漸靠近魔王的枯皺手臂，蘊含了帕思維爾極大的決心，但是，動起來越來越慢。就像需要花費更大的力氣游過泥濘，帕思維爾聽見耳際傳來無數的鬼魅般的嘶喊，好像全身上下都被撕扯。

不要！

不可以！

別做傻事！

——難道你要放棄名族千百年來的特權嗎？

帕思維爾陡然睜大雙眼。

「這怎麼可能！」

名族老人發出如雷的怒吼，粗暴地揮開少年。

「要我跟那些低下的賤民平起平坐，開什麼玩笑？這、這簡直是對帕思一族的侮辱！」

「帕思維爾大人？」

眼底布滿了血絲，也不知是從哪裡生出來的力氣，帕思維爾居然不借助手杖就發揮了超常的敏捷性，猛然躍起，一眨眼便跑出了老遠。

「給、給我記住，這只不過是一次小小的勝利而已，我、我還沒承認——我不會輕易承認你們的勝利！」

拋下宛如童話故事中反派的沒品恫嚇，名族老人的身影一下子便鑽進了人群裡，消失了。只留下反應不及的魔王無言以對。

「失敗了嗎？」

僅僅在那一瞬間，惠恩的臉上閃過一絲落寞的神色，仍佇立原處，彷彿與周遭歡欣的氣氛毫不融入，但是，他隨即用力搖頭。

「不、不是的，這只是個開始……雖然說有些事情並非一蹴可及，但是一定要有人起頭去做。」

惠恩再次把方才向名族老人說過的那番話，轉而堅定地告訴自己。

畢竟如果連他都放棄，那麼一切也就到此為止了。

在那個時候，帕思維爾的臉上，的確是露出了試圖相信的表情吧！

不能夠連我都放棄！阻止了自己的信念動搖，決定用耐心來等待名族改變的魔王抬起了頭。

夜的領土在天空中刻劃的最後一片痕跡終於全部消失了。

已經升上了半空中的太陽發出了無比熱烈的光芒，那是直視時雖然會有些刺眼，但能帶來溫暖的光芒。

「喂！惠恩，快點過來，要開始慶功宴了！」

背後，來自伙伴的愉快的呼喚聲令惠恩笑著轉過身。

民眾和西市場成員感情融洽地簇擁在一塊，沙蘭緹笑著向他揮手。不遠處，在其他地方奮戰的伙伴們也正一一趕來，在那其中有一個看起來特別嬌小的身影……而歐蘭呢？看來他終於成功打開那扇木門了。

「好，我們去把彌亞小姐找下來，然後就一起慶祝吧！」

然而現在的我並不孤單。

不知為何腦海中突然響起這樣一句話，然而惠恩只是笑了笑並沒有在意，任憑身體被暖暖的陽光所包圍，踮起輕快的步伐走向眾人。

「帕、帕思維爾大人，等等我們呀──」

轉過頭，帕思維爾驚訝地看見好幾位名族倉倉皇皇地追在自己身後。

「帕、帕思維爾大人，您怎麼突然就這樣跑掉了……呼、呼呼……」

喘得上氣不接下氣的名族，接連來到了兔耳老人的身邊。

「計畫失敗了，怎麼會這樣？」

「我可是付了好多錢讓那群好吃懶做的戰士去搗蛋，想不到竟然這麼不可靠……那個混蛋不是拍拍胸脯說一切都包在他身上嗎？」

「這次可真是……讓西市場的那些人看扁了。」

眾人垂頭喪氣，你一言我一語地交換著洩氣的話語，最後，一齊抬起頭來望向帕思維爾，兔耳老人很清楚他們想要說什麼。

「現在該怎麼辦？」

帕思維爾自己也很想知道這個問題的答案。

「總之……目前就先各自回去，整理一下心情再做打算吧！」

聽見帕思維爾敷衍的回答，名族們個個露出失望的表情。

「各位不必太擔心，雖然這次讓西市場的傢伙們扳回了一城，但是過不了多久，他們就會發現自己必須付出慘痛的代價。」

「咦，您這話是什麼意思？」

「哼哼……難道我會如此輕易就出借女神的聖物，彌亞該不會以為『平民碰觸聖鐘會遭遇不幸』，只是老人家編出來騙小孩子的謊話吧？」

帕思維爾輕撂著下頷處的稀疏鬍子微笑著說道。

「恐怕她現在就已經嚐到擅自敲響聖鐘的苦果了吧？如果不是天生就對魔力具有操控力的名族，是無法駕馭那口鐘的。」

「原、原來如此，真是高招啊，帕思維爾大人。」

名族們見狀也紛紛浮現了幸災樂禍的笑容。

「你們就先回去吧，有進一步的計畫會再通知你們的。」

「明白了。」

帕思維爾打發掉其他的名族以後，卻未立即有所動作，而是依舊佇立原地，他看起來神色躊躇，彷彿被某件事情所煩心。

「讓名族和平民攜手，這有可能嗎……不，帕思維爾，別被那小子的花言巧語給誘惑了，我、我們名族才是最適合領導眾人的存在。」

吐出懊惱的言詞，他跺跺腳，揮去心中莫名的混亂，轉身踏上歸程。

轉眼間就像夢境一樣地結束了。

漫天星辰被升起的太陽驅趕，強制結束了永夜的舞宴。

即使心不甘情不願，但是太陽的力量實在太過於強大，到後來，負隅頑抗的幾顆一等星，也都不得不宣示屈服而被抹煞了光芒。

天空看起來如同一片純粹蔚藍的畫布，但在青葉的眼裡，這樣的情景絕對是最為無趣的。

只有以深邃的黑暗為背景，星星們彼此競爭光芒，混亂、無序的天空，才是真正地吸引人。

但是不管怎麼樣，白晝已然到來。經歷了一整晚的狂歡喧鬧，獸人們拖著疲憊的腳步，開始三三兩兩慢慢地走回家，逐漸散去的人潮，還隱約浮送著殘餘興奮氣息的波浪。

在高處的那個房間。

桌上杯盤狼藉，壺樽皆空。

「看起來是結束了吶！」

窗臺的一角，第三天魔王把手放在欄杆，俯身看向窗外。

晨光穿透的霧狀外衣底下，姣好的胴體若隱若現，她轉過身來面對房中的另一人。

「最後，魔王仍然順利敲響了聖鐘，各處的動亂也都被鎮壓平息……吶！奈恩，看來你的戰士們最後仍然是無功而返啊！」

「是魔王之子吧……真是的，為什麼怎麼教都教不會呢？」

彷彿面對的是一名不肯用功的學生，奈恩無奈地搖了搖頭。

「要是連這種小小的考驗都應付不來，那就太愧對魔王的血脈了。況且，從一開始，星見祭的成功與否就不是我所關心的對象，要是青葉大人露出那種低級的笑容，沾沾自喜地以為抓住了我的小辮子，那可是不行的喔！」

「才沒有人露出那種笑容呢……嗯，奈恩，難道你是想辯解說，你才是最終的勝利者嗎？」

奈恩好整以暇地說道，青葉豎起柳眉，嘴角微微一偏。

「嗯，不需要辯解，因為我當然是。」

「那倒是讓我聽聽看吧！」

「我會說的……啊！不過在這之前，好像有人上來了，青葉大人，去幫我看看吧！」

「啊啊？別顧左右而言他，你這傢伙……繼倒酒以後，這次又把我當成是應門的嗎？」

「沒辦法，誰叫我看不見呢？」

青葉腦門上暴起了青筋……就算隸屬不同魔族，最起碼還是該對她抱持一點最基本的敬意才對吧？然而奈恩厚臉皮的回答，卻令第三天魔王無言以對。

「真是的……下不為例啊！」

青葉嘆了口氣，但才剛打算起身時，來者便已經爬上了樓梯。

「奈恩大人，青葉大人。」

「原來是你啊，鬣狗男。」

青葉眨了眨眼，認出了對方的身分。

難怪有好一陣子沒看到他的蹤影……從兩人會面開始便一直隨侍在側的護衛，是什麼時候悄悄離開崗位的？居然連青葉都沒有注意到。

「我去帶領了戰士們在市區內的搗亂行動……嗯，也不算是帶領啦，就是稍稍微協助了一下。」

彷彿看穿青葉內心的疑惑，鬣狗耳男子如此說明。

原來如此，是奈恩的代行者，青葉微微點頭表示理解。

「我們遵照了名族大人們的吩咐，在城市各處認真地大亂了一番哪！」

鬣狗耳男人忍住笑意，拚命地壓抑顫抖的雙肩。

「等到那群老頭們回到城東的住處，大概會被我們留下來的『禮物』搞到抓狂吧，唔嘿嘿嘿！」

「……什麼，難道你們黑吃黑嗎？」

「哇哈哈哈，您說得太難聽啦！」

我們可是有在好好地執行約定喲！鬣狗耳男子不停比手畫腳的同時，臉上浮現了有如小孩子惡作劇之後，急著想要到處炫耀的笑容。

「既然一開始就說是要在城中各處製造動亂，那麼地點應該也可以任憑我們選擇吧——怎麼樣，青葉大人，覺得太過齷齪了嗎？」

「嗯？怎麼會呢？」

這種抓出對方語病，盡做對自己有利解釋的行為，確實令人感到相當卑鄙……不過，青葉並不會譴責如此的行為。

畢竟若是真的渴望達成目的，本來就該不擇手段——這就是第三天魔王奉行的絕對哲學。

「就跟奈恩大人料想的一樣，名族們把大部分的心力都投注在主要的祭典活動上了，對自宅的防守毫不注意，雖然還是會有一些守衛，但警備隊跟軍隊的關係本來就跟兄弟沒兩樣，我們一說會分他們好康，馬上爽快地放我們過去了。」

「那些名族和平民欺負你們也夠久了，從他們身上拿回一點東西，就當作是給你們的補償吧……不過，太超過的話也會激起人們的不滿，在局勢穩定以前仍然該有所節制。」

「知道了，其他那些人，我也會叫他們別太過火了。」

直到這時，青葉終於領略了。

「原來是趁火打劫啊！」

「別說得這麼難聽，我只是幫助戰士們討回應得的報酬罷了。這個國家如果不讓戰士繼續生存，遲早會腐敗。」

奈恩滿不在乎地抱起胸口，彷彿對自己的所作所為心安理得，毫無悔意。

青葉「嘖嘖」了兩聲。她無法理解奈恩的價值觀，然而第三天魔王並不想理解，更無意評斷，她只是對奈恩所展現的態度深深感到了興趣。

「真是一個……像火一樣的男人啊！」

青葉抿了抿嘴唇。

就算是奈恩的同胞，他依然可以為了目標，將「不必要的東西」割捨得如此徹底，他為了保存第六天魔族的「戰力」，幾乎可以說是無所不用其極。

這是種「執念」嗎？就如同她所了解的，奈恩具有其形貌特徵的那種動物一般，青葉覺得眼前的男人彷彿是會燒盡一切的火焰。

對擁有冰山姿態的魔王來說，火焰既熾烈又危險，但是，也非得是這個熾烈又危險的男人，才能滿足她的期待。

這趟果然沒有白來呀……世界之亂的火苗已經點燃，但這樣還不夠，需要燃燒得更加旺盛才行！

要旺盛到可以吞噬整個世界……

雪山女妖之王的眼裡，燃起了和那冰霜般的外表毫不相稱的熾熱光芒。

此時，鬣狗耳男子說道：「另外，這次我倒是帶了一樣好東西回來。」

「喔？」

不知道他葫蘆裡賣的是什麼藥的兩人，各自露出了好奇的反應。

鬣狗耳男子急著想要獻寶似地，掃開桌上的一團混亂，把帶來的那個大布袋擺到了桌上，接著用小刀割開。

青葉饒富興趣地伸頭一探，隨即皺眉露出噁心的表情。

「嗚哇哇！你說的好東西就是這個啊……想不到你會有這種癖好，居然擄了一個女人？」

「等、等一下，請別胡說八道，青葉大人，這、這不是我要用的啦！」

第三天魔王故意誇張地遮住嘴巴連連後退，突然被認定是飢渴難耐的傢伙，讓鬣狗耳男子面紅耳赤，手足無措地大叫起來。

「『用』？嗚哇哇，這麼說來是奈恩……」

「也、也不是！」

事關主上的名節，鬣狗耳男子失魂落魄般拚了命地大叫，這副團團轉著的慌亂模樣反而更是惹得第三天魔王痛快大笑。

「呃啊啊啊——請您饒了我吧！」

「好吧好吧！開玩笑的，這是在魔王之子身旁擔任護衛的女孩子吧？」

「咦，青葉大人，您居然知道？」

「哼！」

平躺在桌上的銀髮少女仍像是對一切毫無所覺般地靜靜酣睡著，然而鬣狗耳男子看著她的表情，卻好像看著這世上最為危險的生物。

「那個，我是在大道上發現她之後順手帶回來的……別再讓我想起那麼恐怖的畫面了，都已經全身傷痕累累了，居然……還能再拖一、二十人下水。」

這傢伙簡直就是魔鬼啊！回憶起當時所見到的慘狀，他連連咋舌。

「自從奈恩大人上次從元老院回來，就一直嚷著對這女的有興趣，聽得我耳朵都快長繭了……不過，為什麼非得是她不可？」

「她很強……這女孩的身上有一股不尋常的力量，在這個時代裡可以擋下我一招半式的人已經很少見了。」

奈恩回答。

原來如此，鬣狗耳男子露出理解的表情，吃吃笑著點著頭。

「這樣啊，我還以為是更加難以啟齒的理由呢！我知道的，您也單身很久了嘛，所以說也難免……啊！等……好痛，對不起，奈恩大人，放、放了我吧！」

住手啊住手！鬣狗耳男子含淚求饒。

就在「阿爾洛諦絲之淚」的頂樓，上演了一齣關於探討「第六天魔族的關節可以反折到什麼程度」的實驗會，試圖挑戰人體彎曲狀態的極限，層次之低俗，簡直讓這間誇稱魔城最高檔的酒樓為之蒙羞，就連第三天魔王都在認真考慮是否該與這兩人劃清界線。

就在不堪入目的鬧劇有著逐漸升溫趨勢的同時，在旁的青葉悶不吭聲，悄悄接近了少女。

瞇細雙眼，冷凝的目光，靜靜打量著眼前平和而毫無防備的睡顏，接著……

那實在太過自然而然，任誰都沒有防備，魔王的手掌扼向少女的咽喉。

但是接下來無論她想做什麼都無法如願了，在能有任何動作之前，有人先一步抓住了她的手腕。

「奈恩，你想做什麼？」

「我才想問妳想做什麼呢，青葉大人。居然釋放出這麼強烈的殺氣，真不像妳。」

「少管閒事。」

青葉殺氣騰騰地瞪向奈恩，但金髮魔將從容不迫。

「到底是什麼事讓妳如此心急呢？不過，我可不會讓妳為所欲為喔……這名少女或許就是我等待多時的『同伴』。」

「你說，同伴？」

「那個，因為奈恩大人所屬的動物是……」

青葉睜大了雙眼，在旁空自著急的鬣狗耳男人雖然想要說明，卻被打斷。

「少插嘴，我認識他的時間，比你的一輩子還要長得多了。」

他「嗚」地一聲尾巴垂了下去。

雖然看不見其表情，然而密切注意著青葉反應的奈恩，在短暫的緘默中，逐漸察覺到了不對勁。

氣急敗壞的銳利感覺……不見了，聽見的是齒縫中迸出來的小小的嘶聲，他判斷青葉現在是一副啞然失笑的面孔，不悅地皺了皺眉頭。

「哼哼……哼哼……」

青葉甩開了奈恩的箝制，臉上盡是惡意又譏諷的笑容。

「看來你好像什麼都不知道啊，哈哈哈哈！真是諷刺，寂寞的奈恩唷，就讓我為你揭露這份禮物真正的模樣吧！」

無視於周遭的緊張氣氛，第三天魔王聳著裸露的雙肩，飽滿的雙峰任憑笑意上下洶湧，瞇細雙眼，慢慢地將指尖移向了昏迷不醒的銀髮少女。

拂過少女耳尖的魔王的手指，接下來，發生了讓在場看得見之人——其實也只有一個——都非常訝異的事情。

「啊、啊啊……啊啊啊！」

「怎麼了？」

部屬不尋常的慘叫聲，讓奈恩察覺到事態的異狀。

嘴裡發出像是汽笛般顫抖的聲音，鬣狗耳男子不知道該不該相信自己的雙眼，又用力地多揉了好幾次，但是，事實清清楚楚地擺在面前。

「耳、耳朵不見了……」

隨著淡淡魔法燐光拂過的身體，尾巴消失了，耳朵移了位，毛皮退去了……顯露出與第六天魔族大異其趣的生理特徵，少女的真正姿態。

第三天魔王露出冷笑。

覆在雪琳身上的偽裝魔法，是由可謂當世最登峰造極的魔法師帕思莉亞精心打造而成，即使是擅長感受魔法的名族都未必有能力辨識，至於鬣狗耳男子與奈恩就更不用說了。

然而，對同樣精擅魔法的青葉而言，這副幻象縱然精巧，卻未必毫無破綻。最重要的是，早在很久以前她就洞悉了雪琳的真實身分。

「這……這不是獸人啊……奈恩大人，她是人類！」鬣狗耳男子手指著雪琳，慌張地大叫。

「人類？」聽到這個名詞，奈恩感覺頸項一下子僵硬了起來。

「這名少女不但是人類，而且還是北方鼎鼎有名的勇者——白刃姬，如今正以惠恩護衛的姿態作為偽裝，潛伏於第六天魔族，你我的身邊。」

奈恩與鬣狗耳男子，兩人皆因為青葉所說出的話而倍受衝擊。

「我已經把真相告訴你們了，接下來該怎麼做，就由你們自行判斷吧！」

第三天魔王抱起胸口，笑吟吟地望著這齣由自己一手撩撥出來的好戲。

「奈恩，多謝你的盛情招待，讓我度過了一個愉快的夜晚呢！不過現在也該離開了，就不必送我啦！」

趁兩人都還陷入震驚與迷惘狀態之時，青葉從容宣告了退席。

優雅地飄著走向樓梯口的第三天魔王，背對著獸人魔將，陰影中的臉龐露出了算計得逞的邪笑。

呵呵……到頭來，你們所有人都會成為我的棋子。

特別是你，奈恩！

青葉舐舔著上嘴唇，無聲無息地說著。

彎起的眉毛逐漸拉平，她吊起眼角，笑意的雙眼隨即換成了殘酷的惡寒。

然後，妳也給我付出代價吧，白刃姬！

在內心激烈地投出了憤恨的字句後，足不沾地的魔王緩緩飄下了樓梯。

「奈恩大人，現在該怎麼辦？」

鬣狗耳男子的聲音打破了沉默。

在旋即抬起頭的奈恩面前，曾是特種部隊戰士，也深受魔將倚重的他雖然外表玩世不恭，實際上卻有著十分優秀的決斷力，就連現在也是一下子就從混亂中恢復過來。

即便如此，其人仍不免顯得有些亂了手腳。

「人……這小妞竟然會是人類，而且還是一名勇者，一定要立刻處理掉不可啊！」

鬣狗耳男子搓著上臂不停強調。

對於魔族來說，勇者這個名詞，最常拿來嚇唬不睡覺的小孩，和恐怖劃上了等號。

受到庇佑人類的「光之神」所祝福的他們，擁有遠超凡人——甚至足以威脅魔王的戰鬥力。

雖然關於勇者超凡力量的來源、性質、條件……等資訊至今仍是一團迷霧，但在千年以來的大戰中，六天魔族個個為之吃盡了苦頭，卻是毋庸置疑。

「要是一個弄得不好，搞不好連您也會被幹掉啊！」

「你認為我會被區區一個勇者打敗嗎？」

「啊！啊！現在不是嘴巴上逞強的時候啦，奈恩大人。」

鬣狗耳男子露出一副快昏倒的表情，用力拍著頭，接著，咬牙拔出了刀子。

「下令吧！」

「咦？」

「那麼多兄弟們……還有上代，都是被勇者幹掉的，我們跟他們有著深仇大恨，絕對無法忍受。請您下令！」

鬣狗耳男子忿忿不平地吼道，握緊匕首的手指關節都發白了，只等待魔將下達最後的許可。

但是奈恩少見的懸而未決的模樣，卻讓鬣狗耳男子愕然了。

朝向銀髮底下秀麗的容顏，他輕輕皺著眉，遲遲沒有下一步的反應。

令人無從得知其究竟在考慮些什麼，良久的沉默，終於超過了他的忍耐，二話不說將匕首刺了下去——

「等等！」

然而男子的手腕卻在半空中被抓住了，他訝異地望著奈恩。

「我有個更好的主意……」

自信滿滿的魔將，臉上浮現出了殘忍的微笑。

Unemployed Heroine and Devil's Guard

ch.4 對談

那扇房間的門被推開，走廊上的人們一下子都站了起來。

「帕、帕思莉亞大人，大姐的狀況怎麼樣了？」

「嗚、嗚哇！慢……」

才剛走出密室，兔耳少女便被等在外面的西市場成員們團團圍住。

施著濃妝的少女衝上前來一把握住了她的雙手，被周圍都是比自己高了數個個頭的彪形大漢圍繞著，讓她嚇得全身都縮成了一團小球。

「笨蛋，沙蘭緹，快住手，這樣對大人太失禮了！」

「啊嗚——對、對不起，帕思莉亞大人！」

「嗚！不，不要緊……」

咕咚！頭頂上挨了一拳的沙蘭緹垂下耳朵、肩膀跟尾巴，喪氣退到一旁。

雖然帕思莉亞並不像其他名族那樣有著嚴重的階級觀念，但身為溫室裡的花朵的她，依舊不知道該怎樣適當地對待平民。

因此，帕思莉亞有些歉意地望了狐耳少女一眼，不過還是鬆了一口氣。

「情況不太樂觀，到目前為止還是沒有退燒……」

「明明前一刻還好端端的啊，怎麼會突然間就倒了下去……」

聽見這番話語的西市場成員們面面相覷。

事情發生在「星見祭」圓滿完成的幾分鐘後，眾人興高采烈地打算回到西市場慶祝，簇擁著化身奇兵成功粉碎名族陰謀的獅耳女郎，一行人起先根本察覺不到任何異狀，豈料彌亞走著走著卻突然暈倒了，而且就此昏迷不醒。

「這是魔力的不正常集中症候群。」

帕思莉亞盡可能以淺顯的口吻為眾人解釋。

「恐怕是因為彌亞小姐最近接觸到了什麼強大的魔法物品，百分之九十九的獸人平民天生缺乏對魔力的調和，導致身體無法排出多餘的魔力，引發了過度負荷。」

「啊！難、難道說是因為……」

沙蘭緹不禁掩口。

「我、我早就說啦！平民要是隨意碰觸聖鐘，就會帶來厄運的啊！」

沙蘭緹的慘叫聲觸動眾人，紛紛因為兔耳少女帶來的情報而陷入了混亂。

「好了，沙蘭緹小姐，現在說這些也無濟於事，先冷靜下來吧！」

眼看騷動的狀況越演越烈之時，一道鎮定的聲音自眾人背後響起。

回頭一看——

「惠恩？」

「惠恩大人……」

聲音來自於那名一直坐在那裡的藍髮少年。

「各位，我知道你們都很擔心彌亞小姐，但反過來想，她一定也不希望大家因為她的病況而失去了分寸，不是嗎？」

少年的身上遍體鱗傷，卻依然撐著椅背吃力地站起，即使是最缺乏耐性的獸人見了此景也無法不為之動容。

在場的成員們雖然尚不知其真實身分，但大家都親眼目睹了他和大名族帕思維爾對話周旋的場面，知道他在這次的計畫中扮演了重要的角色，向著藍髮少年投射而來的視線多出了幾分敬意。

「惠恩說得對，我們不應該自亂陣腳。」

「那……該怎麼做？」

「當務之急，是要先收集情報。」

無人提出質疑，自然而然地圍著惠恩形成一圈。

回到總部後換上了一套乾淨的服裝，受傷的部位也經過清洗和包紮，從領口處可見蒼白的繃帶，少年問說：「首先我要確認，帕思莉亞，難道真的沒有方法可以治癒彌亞小姐嗎？」

帕思莉亞面有難色地搖了搖頭。眾人的心情也隨之再一次地往下沉。

「以現今的魔法技術來說是不可能的。」

「無論如何，帕思莉亞，就算把魔城藏書室裡的所有書都翻過來，也要找出解救彌亞小姐的線索。」

「我、我明白了。」

「另外，我們還要持續掌握名族的動態。就算這次安度過了星見祭，也難確保他們不會繼續搞破壞。復甦的西市場才剛起步，基礎還不穩固的情況下，從今以後要步步為營。」

知道了。祭典委員會的班底中立刻有人應聲，接獲指令後轉身出門執行。

惠恩再一次暗暗感謝了彌亞策促伙伴的能力，同時也感激眾人願意讓他主持大局。

「然後，還要清點昨天夜裡的損失，把受傷、破壞、失火的部分通通調查過一遍。」

事情進行得十分順利。惠恩仔細考量了每個人的能力、性格和疲倦狀況後，有條不紊地把工作分配到合適的人手中。

不一會兒，大多數人都得到了專屬的任務範疇，甚至連昨晚最辛苦的成員也被考慮到，安排他們先回家休息睡覺……很快地大家便開始各自忙碌起來。

不知不覺，時間已過了午後。

「惠恩大人，雖然事情很多，但也請您不要累壞了身體。」

「啊，謝謝妳，帕思莉亞。」

惠恩滿懷感激地接過了帕思莉亞遞來的午餐。

兔耳少女晃著長長的耳朵，乖巧地坐在主人身旁，小口小口地啃著美味的白麵包。

這些是由西市場的商人們特別提供的食物，順帶一提，勞工們平時的主食則是黑麵包、醃肉和清淡的湯。

或許是怕名族出身的帕思莉亞對於粗糙食物無法入口吧！

但現在看來，無論是什麼她都能吃得津津有味。

「惠恩大人，您沒有食欲嗎？」

帕思莉亞眨了眨眼，指著那塊白麵包，惠恩拿在手上卻連動都沒有動。

「……我知道了，您是在擔心那個人對吧？」

「嗯……唉，一直都沒有雪琳的下落。」

在昨晚的那場混亂中，因為意外而與自己分散的銀髮少女，大半天過去了，卻連一點消息也沒有，不知此刻是否平安。

「惠恩大人，她只不過是個人類。」

「不可以這麼說，帕思莉亞，雪琳是我們的伙伴。」

「是……知道了。」

帕思莉亞低下了頭，惠恩的語氣中出現了少有的嚴厲。

「請您別擔心了啦，那傢伙……可是個戰士啊！」

「雖然不想承認，不過那頭白毛貓的本領也算一流，才沒那麼容易死掉，她現在一定是躲在什麼地方養傷，過一陣子又會活蹦亂跳地出現在我們面前了。」

「但願如此。」

聽了帕思莉亞的安慰，也不知道惠恩的心情有沒有變好一點，總之先拿起麵包稍微咬了一口，就在這時——

「惠恩大人，有您的信。」

「嗚！拜、拜託不要那樣子叫我啦，歐蘭大叔，像以前那樣就可以了。」

「哈哈哈哈，你現在可是咱們的英雄了呢！不過，好吧，惠恩。」

「居然有指名給惠恩大人的信？」

仍未習慣旁人顯露出來的尊敬態度，惠恩大受衝擊，發出了消沉的哀叫聲，讓歐蘭覺得十分有趣。前一刻間的少年還是那樣指揮若定，然而，即使現在露出的是符合其年紀應有的慌亂，他也並不討厭。

至於帕思莉亞，則是對於信的來源大感意外。

接過了信的惠恩迅速地將其拆開、閱讀，眉頭慢慢地皺成了一塊。

「帕思莉亞，我要出去一趟，這裡就麻煩妳看守了。」

「咦，且、且慢，惠恩大人，您要去哪裡？」

帕思莉亞驚叫起來，但惠恩好像完全聽不進去，握緊了信箋，一下子就衝出了門外，竟然就這樣子跑遠了。

被留下的兩人想攔也攔不住，只能錯愕地望著遠去的少年，相互對望了一眼……誰也無法先說出話來。

「……就是這裡嗎？」

隨著那封未曾署名的信件引導，惠恩來到了東南區內的某條窄小後巷。

古老、肅穆而安靜，彷彿時間在此層層累積停滯了下來。

覆蓋青苔的泥土小徑，沿路上看不見其他行人，兩側的木造建築似在傾訴年代悠遠的滄桑，荒廢已久，一株蒼翠的大樹從殘垣中伸展而出。

竟然還有這種地方——惠恩無比詫異。

雖然，他也不是魔城的一切都瞭如指掌，過去主要的活動範圍在城西一帶，但完全想像不到，上流階層群聚的城東區竟還會有這樣的場所。

那人約自己在此見面，是否有什麼特別的理由呢？

不可思議，心靈好像被徹底滌淨，充分地享受著被靜謐層層包圍之感。

他一面張望一面前進，沿著緩緩的上坡，小路的盡頭最後來到的是一處有著乾涸了的噴水池的開闊空地，那個人就坐在石砌的噴水池護欄上等著他。

「奈恩大人？」

「噢，你終於來啦！」

目不能視的金髮魔將聽見聲音，抬起頭來，語氣就像出來散步時偶然間相遇的悠然。但，在慵懶地伸著腰的奈恩面前，惠恩卻掩飾不住內心的驚訝。

「是、是您把我找出來的嗎？」

「難道這裡還有別人嗎，嗯……不過我看不見喔！」

奈恩左右搖了搖頭，訝異地東張西望，惠恩的後腦勺冒出了無語的冷汗。

「您本來就看不見吧？」

「嗯，什麼？」

「沒、沒事……」

惠恩抹了抹溢流的汗水，搖了搖頭。

「請、請別再捉弄我了，奈恩大人，請問雪琳人在哪裡？」

「喂喂！別這麼著急嘛，真是的，開個玩笑也不行嗎？話說我一找你就立刻趕過來了，這女的對你來說一定很重要吧？」

聽到藍髮少年迫不及待的詢問，奈恩聳肩咧嘴笑了出來，還故意輕輕勾了勾小指。

惠恩臉頰發紅，支支吾吾地辯道：「不、不是啦！她只是……只是我不可或缺的同伴。」

「真的只是這樣嗎？」

充滿戲弄的笑容，讓惠恩回答時再三冒汗，不、不是說好不再開玩笑了嗎？

肩上皺巴巴的軍服外套，彷彿呈現著主人不修邊幅，但卻隱隱蘊含強大力量的氣息。奈恩噗哧笑著晃了晃那頭明亮金髮，抬起手臂，將外套抽開，底下隨即現出了包裹在斗篷中，狀似酣睡的少女面容。

「雪琳！」惠恩睜大了眼睛，見到掛記之人平安無事，一時之間欣喜若狂，卻沒注意到魔將臉上露出的狡詐表情。

倏然，奈恩掀開覆蓋在少女頭上的兜帽……魔王臉上的笑容剎那凍結，繼而換了一副震驚的表情。

銀髮披散落地，躺在水池邊的少女呈現的並非獸人胴體，而是屬於人類的體貌特徵，換言之，幻象魔法已完全失效。

他倒抽了一口冷氣，細微的喘息聲，被魔將全然捕捉。

「果然如此。惠恩，你早就知道她的身分了吧！」

「住、住手！」

剎那間，惠恩眼瞳收縮，飛入耳裡的聲音，一回神，魔將的手刀正朝少女的頭顱劈落，他放聲大叫。

然後，奮不顧身地，撲了上去。

手刀在半空中硬生生停止。

然而那並非是他成功阻止了奈恩，能讓魔將停止動作的，就只有他自己。

只不過是一下眨眼的時間，奈恩輕輕提起了另一隻手，一股強大的力量將惠恩在半空中牢牢固定住，連想靠近對方都辦不到。

「為什麼要阻止我，我不過是要除掉我們的敵人。」

「她、她不是敵人……放、放了雪琳！」

「她不是敵人？那她是什麼？」

銳利的殺氣釘透全身，彷彿連骨髓中都滲入了那份痛楚，惠恩懸在空中，雙腳不停亂踢亂踹，痛苦地扭曲了臉龐。

奈恩則是充滿鄙夷地問說：「魔王……之子啊，這可是一條不可逾越的界線吶！」

突然間，勁力一吐，惠恩整個人像風中落葉般被震了出去，跌了個四腳朝天。

「站起來，我會不會動手，取決於你接下來如何回答我的問題，惠恩。」

冷酷的聲音在頭頂盤旋著，彷彿五內翻騰，惠恩以手肘撐起上半身，魔將卻始終坐在原地，連一動都沒有動過。

背景是夕陽墜下，火紅的天空，他擺出從容的態度，居高臨下，嘴角掛著一絲冷笑，宛如睥睨整個世界。

魔將的左手距離雪琳的頭顱不到幾吋，籠罩的陰影名為絕望，只消有那麼一點念頭，就能讓勇者生命的長畫卷完全終止。

「咳……咳……」

額頭上滴下了冷汗，惠恩強忍著每一次喘息都好像快要撕裂的痛苦，連續做了好幾口深呼吸。

和在嘴裡的血腥味依然濃厚，他慢慢地站了起來，面對奈恩。

「請問吧。」

「喔，這麼快就下定決心了嗎？」

魔將掀起了嘴角。

魔王的面孔上是否正顯露出懼怕的表情呢？就算有，也看不到，但他可以感覺得到。只是如今惠恩的心跳聲卻不若他所想像的那般紊亂，而是平穩。

「不管您想問什麼我都會照實回答，但請不要傷害雪琳。」

「居然還想跟我談條件？」奈恩露出詫異的神情，像是覺得很不可思議似地挺出了上半身。

「對和我族而言乃水火不容的人類，你以為我會那麼寬容嗎？」

「您是戰爭英雄，相信不會趁人之危吧？」

耳膜彷彿快被自己顫抖的呼吸聲震破，眼前的男子，是數百年間一直和人類不停鏖戰的戰爭英雄，他會放過對勇者的仇恨嗎？

少年無法想像那個答案。

沉默不語的奈恩面向少年，凶惡地扭曲了面孔……然而，下一秒，卻看見他大大地咧開了嘴。

「哈哈哈哈！你給人的感覺變了啊，惠恩。」

奈恩一邊大笑一邊像是受不了似地不斷搖著頭，面對如此突然的反應，惠恩頓時不知所措。

「該說是膽大妄為嗎？要是之前的你肯定不敢這樣子對我說話，想不到經過短短一個晚上，居然整個人都不一樣了。」

魔將的語氣帶著幾分感慨，又像是幾分激賞，若無旁人地捧著肚子，止不住笑，接下來的行為令惠恩再次訝異了——他將左手從少女的頭上移開，環抱在胸前。

「對於你的勇敢，我就給予一點獎勵吧！我暫時不會對她動手。」

語調一轉，奈恩說：「但是，我對你的寬容，也僅只限於聽完你這麼做的理由罷了。告訴我，為什麼要收留這名人類？」

「為……」

竟然是問為什麼嗎？對方所拋出來的疑問簡直出乎意料之外，然而，不需思索，少年立即回答，彷彿他的心中早就有了答案。

「我……我只是想要幫助她。」

「幫助她？」

「是、是的，無論是人類還是魔族，只要出現在我面前而我力所能及，我就打算幫助他們。」

少年的眼眸中閃爍著真誠，聽惠恩說得毫不遲疑，奈恩一時默然不語，宛如一尊泥塑木雕，生硬地凍結在原地。

對話戛然停止了。

氣氛一下子變得無比凝結，日光逐漸傾斜，乾枯的噴水池旁，是連風都不敢恣肆打擾的靜默。

好幾次，惠恩雖然想要開口，卻又作罷，心裡七上八下地等待奈恩下一步的行動。

「哈哈……哈哈哈哈……」

過了一會兒，奈恩終於有了動作，只見他誇張地顫動雙肩，按著額頭，從嘴裡不斷發出覺得荒謬的大笑。

「惠恩啊惠恩，你的天真實在讓我不知該如何是好。」

「呃，奈恩大人，您……」

惠恩慌亂地望著被手掌遮住，看不清面孔的魔將。

他現在聽清楚了。

那並不是帶有笑意的笑聲。

那份銳意刺痛臉頰，使得年輕的魔王不由得後退了數步。

激烈又蠻橫的笑聲，大地彷彿隨之震顫了起來，黃昏中被攪亂流動的風，小草也驚嚇得匍匐在地，奈恩一邊嗤嗤笑著搖著頭，一邊慢慢放下了手。

惠恩的臉色蒼白了起來。

奈恩仍然帶著笑，卻吐露出冰冷話語：

「難怪你會用這種做法插手去管星見祭的事情……但你以為對他們釋出善意，他們就會回報你嗎，惠恩？太可笑了，不管是對低賤人類的同情，還是對弱小平民的憐憫，都阻礙了你成為真正魔王的道路，魔王該著眼的是如何率領國家邁向更偉大的境界。」

「更、更偉大的境界？」

「沒錯，你覺得那是什麼？」

「讓所有人都安居樂業，國度物產富饒，甚或有一天，在這座城市裡能夠不分種族地彼此平等交流，共同攜手進步，我認為……」

「錯了！」

奈恩突然打斷了他，惠恩吃了一驚。

「是因為和軟弱的平民相處太久了嗎？身為魔王眼界卻如此狹隘，實在令人失望。」

魔將的表情變了，看起來既殘忍又輕蔑。

惠恩打了一個冷顫，奈恩繼續毫無慈悲地說著：「真正的偉大，乃是征服整片大陸，讓所有種族皆拜服於我族腳下，以力量稱雄，隨心所欲地衡度這個世界，你要做的魔王就當該是這樣。」

「征、征服？不……為、為什麼非得要繼續戰爭不可？」

「因為這是前代所未完成的事情，自然該由你來完成。」

「什……」這番話猶如雷霆，隆隆地劈進耳裡，宇宙一陣天旋地轉，惠恩差點就站不住腳。

從奈恩口中溢出的「前代」這兩個字，像一把鐵鎚般重重撼動他的心臟。

但還沒完。

「你應該放棄和愚昧的下等人相處，將精神放在延續前代所未竟的志業，過去在戰場上犧牲的無數英魂，也期盼著同一件事。」

無視惠恩心緒的波濤，魔將口中再次吐出令人震撼的話語：

「看看你的背後吧！」

「唔！」

陷入混亂裡的惠恩聽到了這句話後，回過了神，因為一直過分注意奈恩的存在，使得他忽略了四周圍的景象。

「這是……」

烙入眼簾的事物，讓魔王發出了梗塞的聲音。

一片翠綠搖曳的廣大草坪中，林立著成千上百座樸素的白色石碑。

靜靜散發著肅穆的氛圍，每座石碑的大小、間隔不盡相同，但顯然具有同樣的意義。

「難道是……墓園？」

「沒錯，這裡是第六天魔城的戰士公墓。你所看見的，是在千百年戰爭間捐軀的戰士們埋藏屍骨之所……儘管只是很小的一部分。」

因為絕大多數的戰士，根本沒有幸運到連骨骸都能保存下來。世間最大的戰士塚，就是國境交會處的那些古戰場了，但在那裡絕對不會有墓碑，對於所有長眠其間者不分種族，大地都是一視同仁地對待。

這座墓園，是上代的魔王依然健在時，透過其強而有力的威嚴，才能不顧名族的反對，在他們住處附近建造起來的。

「這就是我們為戰爭所付出的代價……太多了，所謂戰爭，就像滾起來的巨輪，無數人為了它犧牲生命，千百年來每一個世代的戰士們，心中都只有同一個念頭——獲得勝利。」

深沉的聲音震盪空氣，金髮魔將不知何時站了起來。

藍髮與金髮的兩人彼此間相隔著一段距離，那些聽似平和的話語，究竟隱藏著多麼激烈的情緒？寬大的軍服外套隨著魔將的聲音，猛烈地飄動。

「如今你能理解了吧？我們已經投注了太多東西，戰事不是憑你隨口一句話就能終結，否則就讓前人的鮮血白流。這條路必須一直走下去。」

聽了這番話，少年半覆蓋在蔚藍瀏海之下的瞳眸開始微微收縮。

「但、但是，我們耗費了千百年也只不過跟人類打成平手而已……難道要任由沒有盡頭的戰事一直持續下去嗎？」

「就只差一步了，只要再進一步，我們就能品嚐勝利的果實。」

奈恩抬起了下巴，充滿自信地說著。

這一幕，讓惠恩覺得心裡頭好像有某個地方「崩」的一聲，斷線了。

渾然忘卻此刻面對的是怎樣恐怖的存在，肚子裡，胸腔中，有股沸騰灼燒油然冒出的火焰，他像是下定決心般，豎起了眉毛。

「口說無憑，在遙遙無期的那天到來以前，你還要人們承受多久的苦難？千千萬萬的平民，就因為上位者的一道旨意，就此失去了家園、財產，甚至所愛的人。難道他們的犧牲和戰士們相比，就算不上犧牲嗎？」

面對惠恩的反駁，奈恩皺起了眉頭。

「既然作為魔族的子民，就該要有為魔族犧牲的覺悟，魔王的意志就是整個魔族的意志，即使會死，他們也該感到光榮。」

「人民不是為了魔王而存在，魔王才是為了人民而存在的。」

「少說這種幼稚的話，前代不會認同你的！」

「他是他，我是我，我沒有必要遵守前代的價值觀。」

「你說什麼——給我住嘴！」

聽著惠恩反駁的聲音越來越大，奈恩猛然暴喝出聲。

「嗚呃！」

「你好大的膽子，竟敢這樣否定前代？」

燦然金髮在盛怒之中晃動，俊美的面容凶惡扭曲，惠恩還是頭一次見到奈恩如此激烈的情緒反應，忍不住瞠目結舌。

「如果不是前代，能夠有今天的你嗎？你的一切都是前代賜予的，卻還說出這種話，簡直不知好歹！」

下一刻間，金髮魔將的身影消失在原位。

就在其身影再次出現在視野之時，魔將的手臂輕易地越過少年的臂間，抓住了他的衣襟。

然後用力一甩。

「嗚、嗚啊啊啊啊啊！」

天旋地轉。

伴隨著粗暴、猛烈無儔的衝擊力，惠恩只覺得整個世界的上下次序都強行錯亂了起來。

然而魔將再次以恐怖的暴力硬是將他扯回了地面。

「無論是誰，只要在我面前侮辱前代，我絕對不饒過他！用你的身體記住教訓吧！」

「喀啊！」雙腳接觸到大地的瞬間，讓他懷疑骨頭是不是全都碎掉了，發出極為慘烈的哀號。

「呃啊啊啊啊啊啊啊啊！」

水池邊壁被撞得整個塌壞，沙塵朝天狂噴瀰漫，少年和躺臥水池邊的銀髮少女一同被炸飛了出去。

「雪、雪琳！」

伴隨著可怕的衝擊，銀髮少女的身軀像風中的柳葉飛了起來，落在地上接連滾了好幾圈。

傷重的惠恩仰躺在地上發出了痛苦的呻吟，不顧視野裡一片到處旋轉的金星，拖著身體爬到雪琳身邊，試圖保護勇者，只不過……

「你們一起上西天去吧！」

如今已是自顧不暇。

冷酷無情的聲音再度鑽入耳中，一回頭，奈恩的身影從爆裂飛散的塵煙中出現，手掌當頭罩下。

「呃啊！」惠恩舉起手來阻擋，但是，立刻就被彈開。

魔將與魔王的腕力本就天差地別，遑論是帶著殺意而來，奈恩的右手就此長驅直入，毫無遲疑地穿向惠恩的胸膛，任何反應都跟不上……超越時間而存在著的，就只有內心覺悟到「會被殺掉」的恐懼而已。

宛如放慢的時間軸線之中，魔王放棄了所有希望，就在這時……

「什……」

奈恩發出了驚愕的聲音。

被擋下來了。

到底是怎麼了，察覺到自己的手掌所觸碰到的異物，盲眼的魔將感受到全身毛孔都舒張開來的危機感，惠恩側過了臉看見了令人驚異的那幅景象。

——到此為止了，揚起的塵埃彷彿在剎那間完全被固定住。

從懷裡伸出的那隻手，擋住了致命的一擊，纖瘦、潔白的手——再怎麼說也是第六天魔族當世最強的戰士，就這麼輕易地被被擋下了嗎？但是奈恩的攻勢宛如牴觸了堅硬的岩盤，再也無法下降半寸。

被魔王緊緊抱著的銀髮少女在此時睜開雙眼。

「雪琳！」

「勇者？」

真不愧是奈恩，能在這千鈞一髮之際掌握態勢，然而他非但沒有因此恢復鎮定，反而更加增添混亂。

「不可能，她怎麼會在這時候甦醒？」

自己明明就有好好封印住對方的精神狀態啊！突來的變化即使是身經百戰的魔將，也產生了一瞬間的猶疑。

然後，這剎那的動搖，分神的魔將，竟無法應變接下來的對手反擊。

「喝！」

「呃啊！」

時間的流動再次恢復，魔王懷中的少女發出了清脆的喊聲，手臂一伸直，奈恩的身體就像箭矢一樣飛了出去——砰轟！撞破牆壁，被大量的泥沙塵土瀑瀉而下，淹沒了身軀。

「雪琳？」惠恩駭然地大叫起來，然而，雪琳的樣子卻有點奇怪……但見她出招逼退奈恩之後，便不再有進一步的動作，反而鬆弛地垂下了手臂。

少女臉上神情渙散，半闔的眼瞼空洞迷離，並再次軟綿綿地癱倒，沉回惠恩懷裡熟睡。

「呃！雪、雪琳？嗚！」

一邊看著緊閉雙眼，動也不動的銀髮少女，一邊看著奈恩跌入房舍後造就的巨大空洞，當下的惠恩成為了在場唯一還清醒的存在，然而急轉直下的發展，卻令少年陷入了無所適從。

不、不管怎麼樣，趁現在趕快逃吧！

幸好，他當機立斷。

他吃力地扛起雪琳，將她的手臂繞過自己的頸後，好不容易才能站穩。

嗚！不、不可以在這裡倒下！

他知道如果倒下一切就都完了，任憑前額的頭髮被汗水打溼，驅策著搖搖欲墜的雙腿，努力吸進空氣，做好決心，正打算出發，就在此時……

怦咚！怦咚！怦咚！

心裡敲起了最大程度的警告訊號。

——有什麼東西，要來了。

脊梁升起的那股惡寒，令惠恩全身寒毛豎立。

「喀。」聽見靴底輕敲地面傳來的聲響，他做了最不該做的一件事——回頭。

洞窟深處隱約浮現的軍袍袖口，讓少年全身的細胞都發出慘叫。

「嗚啊啊啊啊——」

他連忙掉頭，鼓盡全身力氣向前跨出了一步，就那一步——但是一切卻已經太遲了。

突破黑暗籠罩的身影，閃電般地竄出，一眨眼便繞到了惠恩面前。

好快！

惠恩根本來不及反應，就被重擊撂倒在地。

「嗚噗啊！」

再一擊，剝奪了他逃跑的能力。

毫髮無傷，只有頭髮和外套染上些許塵埃的魔將居高臨下，俯視惠恩。

「請……請您放了雪琳，要對我做什麼都可以，全都衝著我來也……無所謂，但是請您……放過她！」

遍體鱗傷，痛苦不已的惠恩大口喘息，卻仍彎著身體擠出懇求。

只是，這樣的苦求，真的能被對方所接受嗎?佇立於前的魔將給他帶來一種錯覺，彷彿那是一道冰冷地將一切希望阻絕在外的高牆。

「真是令人失望透頂。」

「呃……」

「沒有能力達成自己的願望，到最後只剩下腆顏哭求敵人的仁慈嗎？」

「啊，嗚……」

接二連三的質疑，儘管音量不大，卻猶如一捆勒緊在脖子上的無形繩索，使惠恩無法形成語句。

「事到如今你還想逞英雄，還覺得自己能夠搖尾乞求憐憫嗎？別笑死人了——」奈恩露出鄙夷的表情，別過了頭。

彷彿覺得腳下是某種難以忍受的髒東西般，連面對都不想面對。

「看在你在星見祭上勉強可以稱之為活躍的表現，我才對你產生興趣，本來還以為能有什麼期待，但我錯了，你根本毫無作為魔王的資質。」

決絕的語調，毫不留情地否定了少年的存在與價值。

匍匐在地上的惠恩，聽了這番話，勉強地抬起頭，瞪大雙眼。

殘忍傷人的評語，遠比身體上各處傳來的劇痛都更為難以忍受，少年的手指不禁深深抓入了地面。

「滾吧！」

「呃？」

「我叫你滾，帶著你心愛的勇者，徹底地從這個國家消失吧！惠恩，若是如此，我也能夠網開一面——否則，我就當場殺了你們兩個。」

「為、為什……」

惠恩訝異得差點停止呼吸。

奈恩還是一樣，連看也不看向他，自顧自地說：

「欠缺力量者所說的一切無論多有道理，都不過是紙上談兵……這，就是世界的真理。」

奈恩伸出了手，彷彿想抓牢什麼似地，握緊了空氣。

「第六天魔族不能交在像你這樣的弱者手中。能夠繼承前代遺志的，只有我一人……對，只有我……我要用我的力量來改變這一切……不只是守護，而是要帶領第六天魔族再次重返榮光。惠恩，你太礙事了。」

傾斜的腦袋再次拉回，面對腳下的魔王，緊閉的雙眼，彷彿射出兩道不存在的目光，鑿得惠恩隱隱發痛。

「既然你不能理解我的志向，那你的存在就是多餘……不過，念在你的體內終歸流著前代的血液，我不會取你的性命。」

拉緊了披覆在肩上的軍服外套，奈恩殘酷地轉身。

「但相對的，我再也不想再看見你玷汙那尊貴的血統了。下次相遇時，我會將你視作放棄了我的恩賜，徹底地抹煞你。再見了，惠恩，後會無期。」

奈恩背對惠恩，然後……頭也不回地離開了。

夕陽完全墜下的天幕，東方天際升起了薄暗，無語的風四處漫流，躺臥在地的少女的銀髮也被吹得絲絲飄揚。

完全阻止不了對方的魔王，放任脫力的身體整個倒在地上。

無力阻止對方。

也無法反駁對方。

正如奈恩所說，他並不是靠著自己的力量守護雪琳，而是對方的憐憫。力量差距太過懸殊，一旦對手有所意欲，他只能任憑擺布。

曾幾何時，星見祭的成功，使他在心中點起希望……即使弱小如他們平民，也能憑藉自己的雙手，努力完成些什麼。

但現在一切都被摧毀了……被奈恩所展示的冷酷無情的力量摧毀。

保護不了在意的人，更別提要怎樣改變這個國家？

曾在鐵匠鋪間對工匠總監的振振有詞，曾在高塔底下對名族老人的高談闊論……

如今皆化為餘音，逐漸從惠恩的腦海中消逝，隨風煙散。

阿爾洛蹄絲女神的夜之輕袍，慢慢地覆蓋了少年全身。

Unemployed Heroine and Devil's Guard

ch.5 吵吵鬧鬧，朝第一天魔境，出發

銀髮少女緩緩抬起了沉重的眼皮。

知覺彷彿還留在很遠的地方，拖著腳步漸漸飛向身體，在耐心等待精神取回主導權的同時，她試著辨識映入眼簾的事物。

「這是……」

令人失笑的荒謬熟悉感。

第六天魔城的大餐廳。

「我怎麼會在這裡？」

雪琳困惑地眨了眨眼，慢慢從沙發上起了身。

「記得……我應該是在街上被打倒了才對啊！」

身體各處還殘留著疲勞與痛楚，雪琳搖晃著頭，確認記憶有無缺損。

「啊！可惡，想不起來了。」

雪琳咬緊牙關，用力搖了搖頭，懊惱地揪住頭髮。

「啊，雪琳，妳醒過來了！」

「欸……惠恩？」

雪琳轉動頸項，這時惠恩正巧穿過餐廳的大門，注意到了她的甦醒。

一看見站在房中的銀髮少女，魔王面露喜色，第一時間趕過來問候。

「身體還好嗎？」

「嗯，似乎沒有什麼大礙……話說回來，你這是在做什麼？」

雪琳困惑地指著少年，只見後者揹著一只大麻袋，手臂上還提著大包小包，看起來匆匆忙忙，這副模樣像極了……

「啊！難、難不成元老院打算造反，你這個魔王的位置坐不住，終於準備要跑路了嗎？」

「不是的，這是為了要旅行做準備……」

「什、什麼旅行？」

傻了眼的雪琳，茫然地望著對方好一陣子，隨即，她伸出一隻手並且用力地搖晃起來，按著額頭，露出頭痛不已的表情。

「等等等等……還是先把前因後果告訴我，這也太突然了吧？」

看起來就算才剛甦醒，卻要遇上好多的狀況啊！

「……所以說，就在妳睡懶覺的時候，發生了這些事情。」

「嗯嗯，我明白了，真是謝謝妳的解釋，帕思莉亞。不過我是和幾十個惡棍苦戰之後才傷重昏倒，不是在偷睡懶覺，說話給我小心一點，要是敢再用說明的時候趁機損我，我就把妳那對兔耳朵擰成麻花辮。」

「呶嗚嗚……」

一會兒之後，聚集在餐廳裡的三人，由帕思莉亞和惠恩告訴雪琳這期間以來所發生的大小事。

在向認真說明的帕思莉亞表示感謝後，雪琳也不忘向趁機偷占口舌上便宜的她做出警告。受到脅迫的兔耳少女漲紅著臉，從喉嚨裡發出了氣惱的呼嚕聲抗議。

「那個……叫奈恩的傢伙，為什麼要救我呢？」

「這……我也不太清楚，奈恩大人大概有他自己的理由吧！」

雪琳環抱著胸口，以手指輕輕敲打上臂沉思。惠恩聳了聳肩，表示他也無法理解。

「算了，這件事情日後再想，現在最要緊的，是找出解救彌亞的辦法對吧？」

「沒錯，彌亞小姐遭受強大魔力的反噬，情況真的很危急……即使如此，我帕思莉亞為了完成惠恩大人的寄託，夙興夜寐，總算找出了方法。」

「帕思莉亞妳真厲害。」

「欸嘿！這、這沒什麼啦，能夠得到惠恩大人的稱讚好高興……」

兔耳少女高興得連眉毛和眼睛都笑彎了起來，喜孜孜地扭來扭去。

「別得意忘形了，快點說吧！」

雪琳一提醒，帕思莉亞立刻瞪了她一眼。

「我在藏書室裡找到了一本古書，上頭記載了六天魔王中有一位擁有能夠解除魔力的不正常集中症候群的力量，那位大人就是『第二天魔王』。」

午後的陽光偏斜著映照下來，巨大的餐桌桌面上投射著庭院樹木所勾勒出的陰影。

帕思莉亞接續方才的話語，沉重地吐出一口氣。

「話說回來，要是那種辦法真的跟第二天魔王有關，那也跟不治之症沒什麼兩樣。」

「這話怎麼說？」

雪琳問道。

帕思莉亞瞇細了眼，以冰冷的聲調說道：

「因為關於第一天魔族與第二天魔族所居住的『第一天魔境』，是個別名為『死境』的地方啊！」

——死境。

帕思莉亞在做說明的時候，特意強調了這兩個字。

在第六天魔境的東北方，和中之國、南之國、第五天魔境都有所接壤的那片土地，是無論任何人類、魔族或者是怪物都不敢靠近的混沌之域。

天空永夜無晝，大地一片死寂，終年夾雜著痛苦哀號的淒厲之風。

帕思莉亞以顫抖的聲音，喃喃訴說著關於那個地方的恐怖和危險。

「想見到第二天魔王的話，就得先經過那個可怕的地方。而且，關於第二天魔族，該怎麼說呢……那些不是可以正常打交道的傢伙啊！」

「但是，除此之外，難道還有別的辦法嗎？」

「唔唔……」

雪琳抱著胸點出了癥結之所在，而帕思莉亞則是愁眉苦臉地，露出了煩惱的表情。

「如果，是必須離開國境才能取得的解藥的話……」

「咦，惠恩大人，您有說什麼嗎？」聽見惠恩喃喃自語的帕思莉亞，轉過頭來睜大了雙眼關心地問道。

「啊！沒、沒有。」

惠恩心虛地連連擺手。

「不管是多麼危險的地方，為了拯救彌亞小姐也都得前往，這趟旅程是勢在必行了。」

「等、等等，惠恩大人，這……這可不是開玩笑的啊！怎能讓您涉入那種危險？說、說不定還有其他辦法……」

「但是彌亞小姐已經很難等下去了……況且，要是連我這個第六天魔王都親自出面拜託了，第二天魔王說不定會賣我一個面子呢！」

「您、您這麼樂觀是怎麼一回事？惠恩大人……老實說我一點也不抱希望啊！」

「放寬心吧，帕思莉亞，大家同為魔族，一定不會有問題的。」

「……看來您對魔族彼此之間的關係誤會得很嚴重啊！」

惠恩好言安慰帕思莉亞，然而兔耳少女卻搖了搖頭，一邊說著一邊汗流不止。

「其實我的心中其實早就已經做好了決定，但這趟旅行沒有雪琳妳是不行的。」

「為什麼……啊！」

銀髮勇者吐出納悶的疑問，卻又旋即想到了答案。

惠恩此時的聳肩苦笑，彷彿印證了雪琳的猜想。

「除了雪琳妳之外，我們沒有任何一個人有過遠行的經驗啊！」

惠恩垂下了眉毛，無奈地晃著一頭藍髮苦笑。

「我這輩子還沒踏出過第六天魔城，關於旅行的事，都必須仰仗妳了。」

「包在我身上吧！」

雪琳拍了拍胸脯。

此時，帕思莉亞插嘴說：「惠恩大人，也不必把這頭母牛看得那麼重要，您不是還有我嗎？」

「喔，臭兔子，聽妳這副口氣，好像對旅行很有經驗嘛！」

「這是當然，妳以為我是誰啊，我可是把全本《萬國遊覽》跟《今古神話旅遊輯集》通通背了下來，王立大學地理學分滿分畢業的帕思莉亞大人喔！」

「真是厲害啊，那麼，請問偉大的您出過國幾次呢？」

「呵呵，當然是零囉！全世界最好的學府就是第六天魔族的王立大學，我幹麻非得要出國念書不可？」

「——那妳還給我廢話那麼多！」

銀髮勇者暴吼一聲，一腳踹在兔耳少女的屁股上。

「嘰呀——」帕思莉亞連翻了好幾個跟斗栽了出去。

「你們兩個，可別把長途旅行當成跟郊遊一樣簡單啊！為了避免你們在半途中死於非命，我會從事前準備開始就好好教育一番，給我做好覺悟吧！」

「噫噫——」聞言汗流不已的惠恩一個勁地猛點著頭，似乎懾服於少女的氣勢。

而四肢攤平在地的兔耳少女則是一動也不動，只有那團短短的毛球尾巴不停地抽搐了起來……

黎明前的天空中布滿了灰白的薄雲，南國早晨的空氣中仍帶有一絲涼意。

位於第六天魔城正西方的西城門口，此處平時因為地處偏遠管理不便，經常處於封閉的狀態，今日卻難得地聚集起了一大群人。

他們圍繞在一輛停靠在城門邊的馬車邊，等著為赴遠途的旅者送行。

「這樣就差不多了，惠恩，這是最後一份……給你們路上的便當。」

「謝謝妳，沙蘭緹小姐。」

接過了由狐耳少女遞上來的最後一件補給品，藍髮少年再次點頭道謝，爬上了馬車。

「這次多虧了大家的幫助，旅行的物資才能一下子就準備齊全。」

沙蘭緹搖了搖頭，背後是多名來自西市場的多位成員，包括歐蘭以及其餘一同參與星見祭的伙伴，還有好幾名劍與驢子的鐵匠。

「但是……真的就只能這樣了嗎？」

「是的，沙蘭緹小姐，為了解救彌亞小姐，一定得到那裡去。」

藍髮少年微微笑著耐心地對她解釋。

「但、但是我聽說……第一天魔境是很可怕的地方……」

「請放心，我們會很小心的。」

代表眾人的狐耳少女再次露出不安的表情，惠恩卻只是笑著要她不要擔心。

然而如果是真的對第一天魔境有所了解的那些年老的商人們，聽到了惠恩這句話以後，一定會大大地皺起眉頭。

因為那裡並不是只要小心就可以免除危險的地方。

不管如何，眼下他們並沒有其他更好的對策，只能暫時將心中的憂慮放到一旁，默默目送惠恩等人離開。

「祝你們任務順利……在彌亞大姐不在的這段期間內，我們會努力經營西市場，也會防範名族那群人繼續搗亂。」

年老商人眼神中帶著歉意如此說著，惠恩點了點頭。

「一切有勞您了。」

「不，這是我們唯一能做的。」

雪琳掀起了馬車的簾子，探出頭來。

「惠恩，都檢查好了，可以出發了。」

接著銀髮少女坐上了車夫的位置，熟練地握起韁繩。

「各位，我們就不再拖延了……差不多也到了該開店的時候了，請大家回去吧！」

惠恩向送行的眾人行了一個注目禮，接著就鑽進了馬車間。

雪琳抽起皮鞭，發出了輕快的吶喊：「駕！」

兩頭駿馬嘶鳴昂揚，隨著清脆的皮鞭聲打碎寂靜，馬車開始碌碌地向前。

馬車背對魔城，朝著朝陽即將越過的天頂——北方而去。

混雜著青草味道的風。

在一望無垠的寬闊平野上，放開雙腳盡情地奔跑，那是不折不扣的野風。

她有著穿梭在城市大小徑巷內的姐妹們絲毫不曾領略過的自由天性，只知道追逐永遠也看不到的地平線的盡頭。

每當她輕盈的腳趾踏過葉尖，小草就擺一擺頭。在睜開的眼皮面前一口氣延伸開來的遼闊原野，有著枯黃、翠綠、嫩青……等多種絢爛的顏色相互交織，唯獨就是找不到一株筆挺的大樹。

空闊的藍天底下，馬車以飛快的速度奔馳。

只花了兩天就脫出了環繞第六天魔城的永恆大森林，行進的方向是西北，惠恩等一行人如今位在瑪丘，這是夾在「永恆大森林」與更北邊的「六魔之森」之間的一道丘陵地帶。

「照這個速度下去，我們今晚就能抵達六魔之森的外圍了。」

「哼……哎。」

「首先找塊隱密的地方，稍微休息幾個小時之後就再次啟程，今天會比較辛苦一點。」

「唔……嗯。」

「喂！認真聽人講話好嗎？」

「嗚哇，是、是的。」

咕咚！蔚藍的頭髮猛然晃動，被雪琳敲了一下腦袋的惠恩這才回過神，向露出嗔怒表情的銀髮少女不停道歉。

「真是的，雖然說你是第一次旅行，但也不必要這樣子整天死死盯著外頭不放啊！」

雪琳無奈地嘆了一口氣。惠恩摸了摸鼻子，難為情地紅了面頰。

正如銀髮少女指責的那般，這幾天來，惠恩簡直是把所有的時間都用在觀察沿途的風景，如飢似渴地要把一切收盡眼底，到了如痴如狂的地步。

「對、對不起，我或許是第一次離開魔城，所以太興奮了……」

「嘖！第一次旅行的傢伙都是這個樣子，但接下來的行程還很長，最好別把自己的身體累壞了。」

雪琳一邊說著，一邊重新將目光移向了前方，稍微和緩下來的態度似乎也顧慮著身為冒險初心者的惠恩的感受。對此，惠恩心中再三冒起了感激。

「嗯……我知道了。話說回來，這片平原好大啊！」

「這算小的呢！越過六魔之森以後的中之國和第五天魔境，在那還有一塊比這大上好幾千倍，世界上最大的『中之平原』。」

惠恩驚訝地張大了嘴巴。

眼前少說也有好幾萬肘的巨大原野，竟然被雪琳形容是在地圖上根本微不足道的小區域嗎？他實在無法想像怎麼樣才會是比這更為遼闊的景象。

高度只到足踝間的矮草原，接連著後退化為失落的風景，嶄新的景色從前方不斷映入眼簾——未曾看望過的景色、未曾經歷過的冒險，伴隨著前方的視野無限拓寬，惠恩察覺心中漸漸燃起某股無以名狀的欲望。

心臟……在怦怦跳著。

悄悄移動的手掌，按住胸口。

這並不是廢話，而是他能感受每一次經歷「未知」之時，心跳聲彷彿和平常相比更具有不同的意義，那是一種讓人血脈奔馳的感受。

此時的他尚未了解，這是所有初嘗冒險之人必經的過程。

總有一天我一定要到那裡去看看。

少年的心裡響起了這樣的聲音。

日光漸漸向西方偏斜的時候，馬車穿越瑪丘，進入了森林。

曠野的邊緣，忽然拔起生長的大樹，給人一種彷彿樹之城寨的奇妙感覺。

高大繁茂的樹葉遮蔽陽光，脫離了連續好幾個小時的日曬烘烤，一進入森林之後，每個人都露出了「得救了」的表情，紛紛鬆了口氣。

朝著天空伸展枝葉的樹木篩過了片碎陽光，林間的獸徑，覆蓋在地表上的陰影彷彿遍布了許多剪裁奇特的花紋。

具有「第六天魔族的森林」這樣涵義而命名的「六魔之森」，是由遠古以前的第六天魔族為了抵禦人類進攻而植下的巨大樹海。

扮演分割了中之國、第五及第六天魔境的國境線這樣角色的森林，至今仍存有許多林中都市，也有除了第六天魔族以外其他族均未能掌握的祕密林徑，乃是由過去的軍用道路演變而來。

不過，這輛馬車並沒有選擇前往任何一座都市，敲著輕快節奏的馬蹄聲，沿著平坦的道路奔馳了一陣子以後，悄悄地偏離路徑，進入了茂密的林間。

一個小時之後，他們找到了一處適合的紮營地點。巨大的板根植物，其底下側根的部分甚至足以遮蔽整臺馬車，雪琳讓馬匹暫時休息、飲草，自己則鑽入林中，探查周圍的危險，並尋找水源。

這段時間裡，惠恩和帕思莉亞開始準備晚餐。

太陽漸漸下山了，抬起頭讓視線穿越錯綜複雜的枝枒間，看見的只是磨亮黑曜石般深沉的夜空。夜晚之神從口袋裡掏出了鑽石般的星辰，一把把灑落在暗色的天幕之間。

營地間，小小的火堆升了起來。

「啊，這好像是出來旅行之後第一頓熱食。」

雪琳充滿無限感動地望著架在營火上方的煎鍋。惠恩把肉末、香料、澱粉類和洋蔥丁同時放進鍋子裡，又加入了乳酪，融化後在紅燙的鍋子裡滾成了濃稠的沾醬，接著再拿出烤餅。

連著好幾餐都只能把麵包和冷肉片塞進肚子裡草草了事的鼻腔，遇上了如此豐郁複雜的香氣，變得難以忍受，讓她不禁心想自己是不是快被寵壞了。

「唔……好香啊！」

背後傳來了讚嘆的聲音，兩人一回頭，便看見帕思莉亞攙扶著彌亞一同爬下了馬車。

「彌亞小姐……妳的狀況還好吧？」

「還好還好，一聞到這麼讚的香氣，姐姐的精神全都來了，咳……咳！」

獅耳女郎故作開朗地大聲說道，卻仍免不了牽動傷勢，按著肚子露出痛苦的表情。

但她拒絕了惠恩的關心，堅持靠著己身之力來到營火旁邊坐下。

「呼……一直睡覺對身體也不好，能夠活動筋骨真是太好了。」

「到現在還是會有忽冷忽熱的症狀，但我已經盡了最大的努力……」

「不必在意，帕思莉亞老闆，姐姐的身體可沒虛弱到會被這種小病打倒。」

彌亞轉了轉手臂，想要藉由宣示自己強健的體魄，消除兔耳少女的自責。

不過所有人都心知肚明，這才不是什麼「小病」。彌亞體內的魔力失恆宛如一顆隨時都可能危及性命的未爆彈，縱使如今看似正常，卻只是帕思莉亞用盡一切手段才勉強壓抑住的假象——光看她那張慘白發汗的臉孔就能夠明白了。

「放心吧，只要多吃一點東西補充能量，自然就會好起來了。」

「那有什麼問題，請儘管吃吧，彌亞小姐。」

彌亞神色泰然地說道，拿起烤餅，豪邁地沾了一大團酪醬。

惠恩體諒地笑了一笑，知道彌亞一定會故作堅強避免眾人掛慮，在準備的時候，就已經悄悄地將食物調理得適於病患入口。

獅耳女郎進食的豪邁之姿，彷彿要把盤踞在現場的陰霾一掃而空，只見她左持烤餅右舉水杯，不時又進攻擺在面前的乾果、燻肉，猛烈的攻擊姿態，讓總是小口小口吃東西相對緩慢的帕思莉亞非常緊張，深怕一不小心美味的食物就都被吃完了。

然而在場還有另外一人，對於彌亞高漲的氣勢，採取不慌不忙的應對方式。

會讓人看了忍不住心想「她確實是個戰士啊」，雪琳總是迅速而不失節奏地享用面前的美食。被她鎖定上的食物，一定會在眾人都還忙著在吃其他東西時，以如獵鷹般的閃電速度捕捉到手；守備上也滴水不漏，雖然帕思莉亞想趁機竊取她碗裡的燻肉，卻被她給擊退。

比起秋風掃落葉的三人，更顯得惠恩高深莫測。除了準備豐盛的主餐，還能在誰也沒注意到的時候，悄悄地擺上乾果和冷盤，神不知鬼不覺間，又變出了好幾顆煎蛋。臉上掛著微笑，手中操縱鍋子和煎鏟的技術卻已經達到神乎其技的少年，正在重新改寫這世界對於「廚藝」的認知。

「啊啊，吃飽啦吃飽啦！」

這一頓飯吃得眾人齒頰留香，淨化旅途中累積的疲憊。

彌亞滿足地摸著肚皮，其他兩人也同樣露出了無限幸福的表情。

「果然，旅行就是要這樣才有活力。」

飄散些許白煙，架在營火上的鐵茶壺，彌亞的聲音帶著至福的感嘆。

茶壺內放的是黑檸葉，這種嚐起來酸中帶甜的提神飲料，在大陸南方大受歡迎。

以清爽的茶香洗淨殘餘的飽膩感，四人享受了一段安適的時光，直到彌亞第一次的咳嗽聲……

「不過，還真想不到……雪琳老闆竟然會是人類？」

嘴裡叼著一根竹籤，獅耳女郎以慵懶的坐姿放鬆身體，同時瞇細雙眼望向營火另一端的銀髮少女。

正在擦拭保養工具的雪琳，停下手邊的動作，迎視直來的目光。

此時的她，正毫無掩飾地呈現原本的人類姿貌。

舊的幻術偽裝被奈恩弄壞之後，帕思莉亞臨時替她做了備品，然而卻不再具有翻譯的功能，離開魔城以後，雪琳乾脆就把偽裝取了下來。

「那、那個，彌亞小姐，雖然雪琳是人類，但她現在是我們的伙伴。」

夾在兩人中央的惠恩，感受到宛如暗流洶湧般的氣息，汗流不止，連忙想對彌亞解釋，但她未予理會。沉默的暗流襲來，場景宛如兩個人的互瞪比賽，結果是雪琳先別開了視線。

看見對方的手指再度伸向工具，彌亞掀起嘴角。

「喔，不理會姐姐是嗎？」

「彌、彌亞小姐！」

神色一沉，彌亞的手飛快地動了起來，惠恩見狀著急地大喊。燒灼冒汗的頭腦，少年的屁股離開了地表面，想要立刻阻止彌亞，此時身旁的兔耳少女卻更快地拉住了他的手臂。

惠恩錯愕地回頭一看，帕思莉亞抿著唇搖了搖頭。

再回頭，卻發現彌亞一個人在那裡哈哈大笑。

「噗哈哈哈哈！放心好了，惠恩老闆，一個人究竟是盟友還是競爭對手，姐姐的這雙眼睛可不會看錯。」

「咦？」

「雪琳老闆確實是自己人啊！」

彌亞的眼睛彎成了月牙，朝雪琳伸出了手。

而銀髮少女稍遲了一拍，但也隨即做出了回應。

「請……多指教了。」

兩人臉上都是一副毫不意外的模樣，絲毫找不到方才那種一觸即發的緊繃感……

看樣子是個圓滿的結果，卻讓杵在中央的惠恩一頭霧水。

「這、這是怎麼一回事？」

「惠恩大人，彌亞小姐的行為有沒有惡意，那頭母牛一定不會不知道吧！」

「是、是這樣的嗎？」

打從一開始銀髮少女就意識到對方的行動中沒有敵意了吧！雖然如此，但不知該怎麼應對的她，最終仍是由較為老練世故的彌亞先表示出善意。

「既然沒事就好。」雖然還是迷迷糊糊地，藍髮少年鬆了一口氣，總算重新坐了下來。

「星見祭那晚，多虧了雪琳老闆，大道上的災情才沒有擴大到難以收拾的程度呀！」

彌亞晃了晃那頭火焰似的紅髮，她指的是雪琳在惠恩被挾持的那段期間，獨力殲滅好幾十名暴徒的事蹟。

事後，西市場的團隊經過了調查才得知，雪琳擊潰的那隻隊伍恰好是暴徒們的主力——換句話說，倘若當時不是雪琳鎮壓動亂，而放任那群人四散到各個區域的話，最後的損失肯定會比現在還要嚴重。

「姐姐作為祭典委員會的總監督，是該代替大家向您說一聲謝。」

「不必客氣，我是惠恩的保鏢，這些都是分所當為之事。」

「哈哈，雪琳老闆真是快人快語。」

「彌亞小姐好像很能接受人類的樣子……」

再一次，彌亞咧開了嘴表達了對雪琳的高度讚賞，這樣的態度讓惠恩頗為意外，彌亞笑著轉過了頭。

「那是當然，對咱們商人來說，不管人類還是魔族，都可以是一起做生意的伙伴。其實穆斯多就有很多人類的商人。」

「妳、妳說的是真的嗎？」

聽見彌亞如此提及，惠恩驚訝不已。

穆斯多是六魔之森邊境的海關都市，也是第六天魔境和其他國度往來的最重要窗口，在那裡設有出入境的管理局。

「而且，一旦跨越國境，就很難再回得去吧，所以不少人就乾脆在那邊成家立業了。」

「通、通婚嗎？」

「怎麼可能？當然是把妻小接過來囉！」

獅耳女郎似乎感覺這個問題十分荒謬地說道：

「再怎麼說，也不可能和人類生小孩吧？」

「說、說得也是……」

彌亞的語氣彷彿在說這是理所當然的事情，卻漏察了他臉上細微的變化。

少年不動聲色，垂下了腦袋，暗地裡浮現失望的表情。帕思莉亞悄悄地望著惠恩，瞇細眼瞳投射疼惜的目光。

「不過，雪琳老闆怎麼不繼續維持原本貓人的樣子呢？姐姐覺得還挺不錯看呢，簡直能和後街的頭牌一較高下了啊哈哈哈！」

——雖然搞不懂這樣到底能不能算是讚美，雪琳的臉頰還是微微變紅了。

對吧！看吧！因為那是我做的啊——正當雪琳顯得難為情時，反而是帕思莉亞露出得意的表情，驕傲地挺起了上半身。

「這個嘛，我還是覺得現在這個樣子比較自在。」

銀髮少女低著頭，彷彿有些困擾地拂開了前額的頭髮。

潔白玉頸上浮現著淡淡的紅暈，那副模樣確實楚楚動人。

「真是可惜啊……」

「哼哼！無毛猴子再怎麼努力打扮，也不可能進化成文明人，某人……啊，說錯，是某猴子應該要有此自覺吧！」

「妳說什麼？看起來比較像是沒進化的應該是妳吧，獸人族！」

聽見帕思莉亞冷嘲熱諷，雪琳迅速地把頭抬起來，尖銳地反唇相譏，不過她似乎忘了在場除了她之外，都是屬於同一個種族。

「看看妳身上的耳朵、毛皮、尾巴……根本就是還沒從野獸變化完全的樣子嘛！」

「呸呸呸——妳懂什麼？從生物學上的觀點，一個種族的型態越多元，其競爭力就越強。像你們人類就只有一種猴子的模樣，萬一哪天發生一場疾病、天災就全部毀滅了，各式物種型態都具備的我們獸人族，怎麼看都是比較高等，妳們才比較低等吧！」

「嗚哇哇！簡直強辭奪理！」

兩人一言不合，又開始越吵越大聲。

惠恩對於這樣的情景早就司空見慣，然而彌亞卻露出一副新鮮的表情，津津有味地欣賞著兩人的爭吵，讓他忍不住紅了臉頰。

「對、對不起，讓妳見笑了。」

「哈哈，怎麼會呢？雪琳老闆和帕思莉亞老闆的感情好得很啊！」

「是、是嗎……」

「長年彼此爭戰的兩個種族竟能這樣感情融洽地吵吵鬧鬧，不也證明了世事是無絕對的嗎？」

細長的眼眸充滿笑意，彌亞一派輕鬆地說出了一番別有深意的話語。

於是，惠恩在短暫冒汗以後，臉部的線條也不知不覺地放鬆了下來。

看不見星空，林間的夜晚令人難以捉摸地流逝，有說有笑，打打鬧鬧，這股溫馨寧靜的心情靜靜流淌在惠恩的體內。

啊！真想永恆地保存這樣子的時光。

「話說回來，彌亞小姐曾經去過第二天魔境嗎？」

「姐姐嗎？嗯，沒有。」

「咦，我還以為見多識廣的彌亞小姐會有所了解。」

「姐姐是商人，同時也是鐵匠，但那個地方，商人是不會去的。」

彌亞的語氣非常平淡，拿起了一杯黑檸葉茶湊近嘴唇。

「是因為太危險了嗎？」惠恩疑惑地問道。

獅耳女郎點點頭，並且補充：「而且無利可圖。」將視線投向燃燒的營火。

「對惹，傻點忘了，趁這個機會，我要先跟歹家說明關於目的地的一謝事情……臭母牛，給我方開手，我、我要開始喪課了！」

帕思莉亞口齒不清地說著，接著奮力掙脫了雪琳的糾纏，落荒而逃的兔耳少女，在滾到了空地之後，一邊整理著亂七八糟的衣服，一邊生氣地揮拳。

「可、可惡，總有一天我要好好讓妳知道尊師重道的美德。」

「老師，在哪裡？哎呀太小了我看不見。」

「夠了！居然戳我痛處，給、給我住口……呼、呼！欸，該從哪裡開始？對了，臭母牛，妳就先回答這個問題好了，六天魔族是哪六族呢？」

「說過了別用那種綽號叫我，笨兔子……這還不簡單？」

雪琳一邊抹掉手指頭上的口水，一邊斜斜望向兔耳少女。

第三天魔族泛指雪山中所有的怪物。

第四天魔族是至古森林中的河精靈與樹矮人的合稱。

第五天魔族是遊牧戰爭的種族鱗之民。

最後的第六天魔族則是稱霸大陸南方的獸人族。

「……以上。」雪琳正確地回答了對勇者而言再基礎不過的知識題，抱起胸口，露出「這有什麼難的」的蔑視表情回望兔耳少女。

「喂喂，是不是少回答了什麼，第一、第二天魔族呢？哈哈，這個妳就不知道了吧？」

「少、少給我得意忘形了，臭兔子……嗯！老實說，我知道的很少，老一輩的勇者們基本上不太談那兩個魔族的事情。」

那副竊喜的模樣真教人生氣，但雪琳歪了歪頭，略為思索了一下。

「雖然北之國主要的作戰對象是第三天魔族，但戰場上偶爾還是會有第四、五、六天魔族的傭兵存在，不過說到頭兩個魔族，倒是一次也沒見過。」

「是的，因為大戰爭雖說是發生在人類與六天魔族之間，實際上卻只有四個魔族參戰……第一、第二天魔族在這一千年以來一直都置身事外。」

「咦咦？」

惠恩、雪琳聽了之後同時都大叫起來，彌亞的反應雖然沒有這麼激烈，不過似乎也被挑起興趣來了。

「在六天魔族中，第一、第二天魔族彼此的關係特別緊密，甚至還共用同一個魔境……因此我們接下來所要去的第二天魔境與第一天魔境，實際上是同樣的地方。」

「那麼，為什麼要合稱六天魔族呢？」

「這要是解釋下去會沒完沒了的，惠恩大人。不管怎樣，人類不把他們當作敵人，四天魔族也不把他們當成盟友，一直孤立在世界的邊陲……但距今大約一百五十年前，前代魔王終究還是派了使節前往問候兩族的魔王。」

帕思莉亞臉上浮現一絲複雜的神情，頓了一頓以後繼續說：

「現在所知關於第一、二天魔境所有的一切，都是當時由一名叫帕思維爾的年輕外交官所記錄下來的，那是以半官方半日記的形式，做成了大概是世上最具有權威性的參考資料。」

「我好像聽到了某個熟悉的名字……」

「安靜，母牛，妳再不認真聽講，小心我把妳這門課當掉。總之，曾經有個沒長腦袋的傢伙問爸比……我是說，帕思維爾外交官這個問題：『對您來說，風不轉城和死境，究竟哪裡比較可怕？』」

「這還真是……」雪琳拍起了額頭呻吟著說。

一提起那個城市的名字，所有人的臉上都變了色，就連帕思莉亞也是一副受不了，快昏過去的表情……被當面問到這種問題的外交官難道不會生氣嗎？

據說，他不但沒有生氣，反而在想了很久之後才臉色鐵青地回答：

「風不轉城之所以可怕，固然因為它是世上最可怕的地方，但那終歸是肉體上的害怕，倘若是視死如歸的我族勇士，連那樣的恐懼都可以克服。但死境的可怕，卻在於那是讓人連可怕的意義都忘記掉的地方。」

模仿著外交官話語的兔耳少女，在說出這番話之後，讓周圍的氣溫彷彿瞬間驟降了好幾十度，明明面前就是火堆，然而卻無法感受到一絲溫暖。

「第一天魔族的別名叫做不死者，第二天魔族則是不生者，兩者都是在生理構造上和人類以及其他魔族極不相同的存在。」

帶著嚴肅氣息的褐色眼瞳，告誡同伴們絕對不可大意，在死境之中將會遇到與常識截然相反，完全無法理解、溝通的生物。

營地裡飄散著一股凝重的氛圍，所有人都因為帕思莉亞的這番話語而變得沉默。

正當彌亞搖晃眼神，低下頭來注視著自己的身體的時候……

「請不要那麼想。」

「咦，惠恩老闆？」

思緒被赫然打斷，彌亞抬起頭來，發現惠恩正以溫柔的目光注視著自己。

「我知道妳現在一定是在想著如果不是因為自己，大家也不用去到那種地方吧？但我希望妳能不要那麼想。」

「唔嘿！被、被看透了吶！」

「這一切都是出自我們的意願，彌亞小姐，妳不需要感到任何愧疚。無論有什麼樣的險阻，都讓我們一起克服吧！」

「但……為什麼？」

筆直的視線述說著疑惑，獅耳女郎垂下雙手卻斂起面容，表情像是要追根究柢般。承受著彌亞銳利的眸光，惠恩略為垂著頭凝視營火。

「如果非要說明理由的話……在我的心目中認為彌亞小姐是最重要的吧！」

「這、這是？」

獅耳女郎聞言愣了一拍，緊接著嘴角抽搐，急急捂住了面孔，「您突然在說些什麼啊？」十指縫隙中透出來的面頰翻紅，狼狽大叫。

「這次的祭典，已經證明了彌亞小姐對於每個人來說都是絕對不可或缺的存在，要不是有妳運籌帷幄，以及最後的機智，我們怎能反將一軍，突破名族們的詭計順利敲響聖鐘呢？」

「那、那也是碰巧而已……」

彌亞慢慢地放下雙手，臉上還是一副不可置信的表情，充滿黑玉色澤的肌膚隱隱透出泛紅。

「再怎麼說，陛下是萬金之體，怎能為了姐姐冒這個險？即便姐姐不在了，您也仍要繼續領導人民啊！」

「不，我的話沒辦法的……彌亞小姐，人們往後必須仰仗的是妳。」

惠恩迅速地打斷了彌亞的話，讓她驚訝得兩眼發直。

「您這是什麼意思？」

「啊……我……我……」

「這句話怎麼聽起來有種打算棄我們於不顧的感覺？」

面對彌亞的強勢逼問，驚覺到自己似乎說漏了嘴的惠恩趕緊解釋：

「我是說……比起我來，妳更是長年和西市場休戚與共，一定比我更知道人們需要的是什麼，不是嗎？」

「唔……」

幸虧急中生智，否則差一點就圓不過去了。

額角不由自主地冒起了冷汗，此時的惠恩還不知該如何開口，讓人知道他已經被奈恩強迫放逐出魔境了。

「這……這話倒是不假。這麼說來姐姐的這條殘命還是很有用處的囉？那姐姐就接受您的好意吧，陛下。」

「真是太好了，彌亞小姐。」

「不過，您當真沒事情瞞著咱們嗎？」

「……當、當然沒有囉！」

惠恩冒著汗水別開了視線。

「哼嗯？」瞇細雙眼，獅耳女郎的目光，就像能把人由裡而外整個看透，令魔王提心吊膽。

「哈、哈哈哈哈……」藍髮少年扭曲嘴角，持續發出極不自然的乾笑。

「嗯……好吧！姐姐就相信陛下所言，而且也保證履行承諾，西市場將成為您堅實的支持者。」

「這、這就沒關係了啦！」

「不，那怎麼行？經過這次事件，大伙兒早就明白了，誰才是站在我們這邊的。」

惠恩驚訝地擺著雙手，然而彌亞的表情卻顯得相當正經。

「姐姐不得不說，不管在什麼時代，永遠都必須要有一位領導者來替眾人指引方向，而這個位置非您莫屬呀！」

「呃，可是……」

魔王卻忽然遲疑了。

「交給這樣的我，真的好嗎？」

聽見他突然吐露心聲，讓在場的三名女性各自做出了不同的反應。

彌亞隨即皺起面孔，帕思莉亞露出擔憂的表情，一直專注整理防具的雪琳也停下動作，抬頭集中了視線。

「我並不像前任魔王那樣，擁有能讓所有人信服的力量啊……」

「惠恩大人……」

「惠恩？」

藍髮少年垂下眉頭凝視自己的雙手。

「也許……把這樣的責任託付給我，並不是最好的答案。」

在三重目光交會之處的惠恩輕輕露出了勉強的笑容並嘆了一口氣，這雙瘦弱的手，無論是握拳還是鬆開，看起來都不具備力量。

能夠除去面前險阻，完成心願的力量。

然而，在場有一個人卻不同意他的消沉。

「怎麼會不好呢？陛下，難道您對於子民的關心都是假的嗎？」

「當、當然不是！」

面對彌亞神色凜然的質問，愣了一拍的惠恩，隨即毫無遲疑地否定。

「既然是這樣，就沒有必要再去質疑自己。即使缺乏力量，您還是您，誰也無法取代得了。況且，誰說像您這樣的魔王不強大呢，陛下？」

「我……」

「您知道這個世上最受歡迎的是什麼店嗎？」

「……我不知道。」

對方驚人的氣勢，有點令他畏縮。

彌亞筆直的視線，絲毫不顯得退讓。

「既不是貨物最精美，也不是價格最昂貴，能讓顧客一再流連忘返的，一定是待人接物最具有親和力的店，也就是所謂的人和……那才是真正的強大。光靠力量治理國家的魔王，豈不是像雖然櫥櫃裡陳列了奢華的商品，店員卻趾高氣昂，怎麼可能讓顧客滿意？」

「呃，這……」

「您沒有必要妄自菲薄，應該仔細想一想到底重要的是什麼。」

嚴厲的聲音，最後以鏗鏘有力的一句話語作為結尾，片刻之前還處於被對方安慰狀態的彌亞，如今反過頭來開導起了惠恩。

聽完，藍髮少年瞠目結舌，然後，深深吐了一口長氣。

但看他久久沒有做出反應，彌亞豎起了眉梢，正打算發出斥責——然而，就在仔細凝視他的表情之後，她打消了這個想法。

她看見的，是少年凝視虛空，若有所思的面孔。

困擾、猶豫、動搖……複雜交錯的情緒，彷彿捆綁那名為「真意」之物的縛繩，魔王並非企圖逃避，而是，像望著一堵高牆——彌亞一眼就知道對方的內心正在交戰。

嘖，傷腦筋。

雖然不清楚是什麼妨礙了惠恩下定決心，不過到了此時，也已經沒有她所能置喙的餘地了。

無論那是什麼，少年正面臨的某樣難關，都非得由本人獨自跨越不可。

自己所能做的，就只有再多給他一點時間吧！

她輕輕呼了一口氣……領略到這一點之後，臉上的表情也漸漸變為柔和，更在心中生起奇妙的情感——眼前這本該被所有獸人族視為尊貴至極的存在，竟像個孩子般令人放心不下。

「即使您一時之間還無法領略，但也不需著急，慢慢體會就好。」

「謝、謝謝妳，我……我明白了，我會好好思考的。」

「不必言謝，能夠幫到您是姐姐莫大的榮幸。再說了，不管您怎麼想，姐姐個人絕對一心追隨陛下。」

惠恩再次訝然，獅耳女郎臉上綻開豪邁的笑容，握拳捶了捶心臟部位，毫無遲疑地宣誓忠誠的舉動，讓他既驚訝又感激。

「惠恩大人，惠恩大人！」

帕思莉亞見狀也叫道：「無論您是怎麼看待自己，您永遠是帕思莉亞所認定唯一的魔王喔！」

「謝、謝謝妳，帕思莉亞！」惠恩感激地說道。

「欸嘿！」帕思莉亞甜甜一笑，像隻小兔子般乖順地蹭近了惠恩。

一時之間，不知道該說些什麼才好。

受過的傷彷彿獲得了撫慰，縱然心底仍有所迷惑，但……似乎已經不再那麼難受了，胸膛處流過一陣溫暖，他抬起頭，望向林間夜空。

然而，帕思莉亞趁著惠恩沉浸在思緒裡沒有注意到的時候，試圖坐進他的懷裡，結果釀成了一陣騷動……

經過一番鍥而不捨的努力，兔耳少女總算得逞，取得一個舒服的位置可以緊挨狂蹭魔王的腋下……相較於滿臉通紅、模樣困窘的惠恩，她的笑容格外燦爛！接著，銳利的目光盯緊了坐在營火另一側的銀髮勇者。

「喂，母牛，學著看一下氣氛吧，難道妳一點表示也沒有嗎？」

「……要我說些什麼啊？」

雪琳搖了搖頭，收起磨刀石並將劍收回了鞘中。本來沒什麼好氣的她，卻在此時對上惠恩的目光，兩人視線交纏，隨即，少女掀起了嘴角。

「要是不信任你的話，我也不會跟到這裡來吧？」

「唔……說得馬馬虎虎還可以啦！」

「什、什麼？妳這什麼態度，小心我扁妳喔！」

惠恩還沒開口，反倒是帕思莉亞先擺出了一副高高在上、勉為其難接受的模樣，雪琳隨即對其放聲咆哮——兩人的互動令彌亞和惠恩都覺得莞爾，爆出了一陣快活的笑聲。

Unemployed Heroine and Devil's Guard

ch.6 魔王與勇者，光明正大地搞偷渡沒問題嗎？

「好了，閒聊就到此結束，時間不早了，趕快休息吧。」

嬉鬧過後，雪琳恢復了正經的神色，拍了拍手催促眾人趕緊就寢。

「什麼嘛，人家還不想睡啊，別掃興！」

「妳是小孩子嗎？」面對耍賴的帕思莉亞，銀髮勇者瞇細雙眼，用力地用手指戳著對方的額頭。

「用不著我提醒，妳該不會忘了今天晚上要做什麼吧？」

「啊……好痛、痛痛痛痛，我、我沒忘記啦！」

「那妳最好給我把握時間養精蓄銳，還有，別再讓我抓到像上次一樣，守夜的時候坐在營火前面打瞌睡。」

「我、我才沒有打瞌睡，我……我只是稍微閉目養神……」

「藉口一大堆！怎不學學惠恩，從來不必人家叫，時間到了就自動起床？」

「這、這種口氣……妳是我媽嗎？」

「給我讀書……不對，乖乖去睡覺！」

雖然帕思莉亞還在不停嘀嘀咕咕地抗議，但其實看她頻頻點頭打著瞌睡的模樣，就知道這樣的抵抗維持不了多久……果不其然，很快地便撐不住眼皮，和身為病人的彌亞先行回到了馬車，惠恩則是留下來收拾餐具。

「你還在這裡做什麼？」

「咦，啊！」

營火邊就只剩下他們兩人，氣氛一下子變得寂靜。

聽到雪琳如此問話的惠恩轉過頭來，她正一副蹙眉疑問的表情。

他停下把毯子鋪到地上的舉動，搔了搔頭。

「只留妳一個人在外面守夜好像不太好，所以我想睡在外面陪妳。」

「……唉，真是的。好吧！隨便你吧！」

彷彿覺得對方是多此一舉，雪琳聳了聳肩，不再繼續阻止。

寂靜的長夜，柴堆間躍動的火花，間續發出了嗶剝的聲響。枝葉縱橫交錯的頭頂上方，就連星光都無法穿透。銀髮勇者背對營火，將長劍靠在肩膀上，專心一致地守夜。

喀噠！一道細微的聲響，引起了她的注意。

「睡不著嗎？」

「呃，嗯……抱歉。」

「可別跟我說沒睡在床上，在荒郊野外裹毛毯就不習慣喔！」

「別、別取笑我了，才沒那種事……」

「那麼就趕快乖乖躺好吧，能夠休息的時間可不多了！」

微晃著纖細玉頸上的一頭銀髮，雪琳順手將一些枯枝扔進火堆。

這番話語雖然半是捉弄，但另一半卻是提醒——長途的旅程會耗損體力，除了銀髮勇者，餘下的三人經過了連日的跋涉，都已經十分疲憊了，但是接下來的行程卻只會更為緊湊，因此一定要把握時間好好休息不可。

儘管惠恩明白，但在毛毯中縮著身體，就是怎樣也靜不下心。

銀髮少女嘆了口氣。

「算了，要是真的睡不著，那就來陪我聊天好了。」

「咦，聊、聊天嗎？」

「是啊，不然一個人守夜……說真的也挺無聊的。」

雪琳即使在分神和惠恩說話的同時，也依然堅持貫徹守夜者的職責，朝四面八方提高了警覺。

作為隊伍的嚮導，她所肩負的責任重大。

「那要聊些什麼好呢？對了，雪琳，能夠說說妳以前的故事嗎？」

「……以前？」

「在我們相遇之前發生過的事，一定有很多可以說的吧！」

惠恩掀開了毛毯坐起身，發亮的瞳眸述說著期待，對於如今的少年而言，一旦被撬開探險世界的大門，對於探索各種知識的渴求即將難以抑止。

「唔……」

還是一樣背對著魔王的雪琳微微歪著頭，發出了輕微的沉吟聲，看起來像是不知該如何開始而苦惱。

隔了一小段的沉默之後，緩緩地再次開啟了薄唇。

「我不擅長說故事，冰天雪地的北之國，好像也沒什麼特別的……而且，過去我經歷的多半是枯燥乏味的軍旅生活，你大概也不想聽吧！」

「啊……」充滿失望的聲音。

「不過，有趣的事情還是有一點點啦！你……沒看過雪吧？嗯……雪是白白的，非常小塊的冰之結晶。雖然我們也不是真的整天都在下雪，不過一年還是有四分之三的日子是雪季，完全看不到地表，四處都被覆蓋成白茫茫的一片，萬一下得太厲害的時候，就哪裡也不能去了……」

惠恩覺得好久沒有像這樣，兩人共享漫長又悠然的時光了。

不知不覺間，彼此的距離越來越近，他披著毛毯，都已經坐到了少女身旁卻毫無自覺。

肩並著肩，話語和笑聲摻差混合，唯一差異的是，一人面朝火堆，而另一人則因為要讓眼睛適應黑暗，不得不背對光源，相互錯開了視線。

雪琳說得悠然神往，惠恩也聚精會神地聆聽。

心靈隨著雪琳的故事馳騁原野，飛向遼闊大陸的另一端，俯瞰白雪靄靄的山巒谷壑，傾聽風咆雪嘯。

人們放牧耐寒的髦牛與山羊，追逐著水源和青草，登山下谷，周而復始。

在卡罕．納克沛歐的狹長谷地間，由於氣候相對怡人，水源充足，建立起了一系列的都市，被稱為納克沛歐走廊，作為北之國的精華區，並有著和中之國的大城「北岩之星」互通有無的貿易線。

可是絕大部分的領土、人民，依舊必須與嚴酷的大自然搏鬥，在雪山間掙扎求存——說到這裡，銀髮少女的語調一轉，變得壓抑、沉重。

為了草場、露營地和祭祀區，為了生存、住所、食物和種種，人們不得不與雪山中的魔物展開漫長的戰鬥，永無止境的戰鬥。

無法和解，無法溝通，無法妥協，無法休止。

與第三天魔族的對峙，持續了上千年。

「……即使到了現在，我果然還是沒辦法平靜地面對第三天魔族。」

投向黑暗的聲音聽起來有些濁悶，惠恩想起她上次遇到第三天魔王時，也是一副差點無法控制自己的樣子，連忙婉言安慰。

「別再想了，過去的就讓它過去吧。」

「嗯……」

銀髮少女搔了搔臉頰，短暫地苦惱了一會兒，接著拍了拍手，豁達地笑了。

「也對，過去的事情不管再怎麼留戀也改變不了，我們要展望未來。」

但是，如果那隻魔王敢再性騷擾我，我一定會要她好看！勇者如此誓言，渾身再度充滿了氣勢。

看見雪琳打起精神，惠恩也真心為她感到高興。

少女的堅強與爽朗，一直是他憧憬的特質。

「不過，雪琳就是因為在這種嚴酷的環境中長大，才能鍛鍊出勇者的力量的吧！」

「咦，不是喔。」

惠恩嚮往地說著，然而銀髮少女卻搖了搖頭，否定了惠恩的猜測。

「不是嗎？」

惠恩訝異地把嘴圓張，雪琳的回答出乎他的預料。

「有關我如何獲得勇者的力量，那又是另外一個故事了……但我必須說，這股力量和自身的修練並沒有絕對的關聯，而是來自於光之神的恩賜。」

雪琳口中的神祇，是人類的守護神。

僅只庇佑人類，和黑暗女神阿爾洛諦絲彼此是渾沌初開以來的勁敵。

雪琳告訴惠恩，勇者的力量都是在偶然間、無預期之下獲得的。

「關於勇者力量的事，我沒辦法用三言兩語讓你全部明白，唯一可以確定的是，這種力量和人類的血脈有關。」

「唔……啊！」

如果是第六天魔族……不，任何魔族都無法獲得那樣的力量，因為光之神沒有理由賜福予黑暗女神的眷屬。

藍髮少年發出了嘆息。

「那麼……到底要怎樣才能像雪琳妳一樣強大呢？」

「咦？」

聽到突如其來的感嘆，銀髮少女側頭發出不解的聲音。

抬頭望著天空，魔王語帶欣羨，澄澈的瞳眸中所浮現的，是由無窮懊悔與不甘交織而成的複雜情感。

「如果我再稍微有力量一點，就不會害妳受那些傷，不會勞煩彌亞小姐，也不會再讓帕思莉亞操心了。經過這次事件以後，我才理解排除險阻的力量有多麼重要。」

切身之痛讓惠恩對於其所不足有了更加深刻的體悟。

遙望星空的雙眼，回想著當初歷經過的那些場景，在「星見祭」中所發生過的一切……

在「塔」底下所發生的一切……

還有，被「那個人」所對待的一切……

所有的傷痕化為滾盪翻攪的漩渦，渴望著不再重蹈覆轍。

「惠恩……想要力量做什麼？」

「我想憑藉自己的雙手，完成想完成的事，保護想保護的人……」

「但是，這很困難喔！即使擁有力量，也不保證事事都能順心如意。」

「我明白，但我還是有個目標，想像雪琳妳一樣。」

「很遺憾，要達到像我這樣的程度是不可能的。」

「嗯……」

火光映耀少年的臉孔，使他倍感挫折的話語接連在空氣中響起。

「不過，只是要求自保的話，倒不是問題啦！」

雪琳的一句話讓原本垂頭喪氣的惠恩從失落中返回現實。

睜大眼睛，望著少女，那句話代表的意思是……

「在外冒險的旅途中，我也不可能總是寸步不離地保護你吧，如果能學一些基本的防身技巧，對你也有幫助。」

「真、真的嗎！」

「嗯，就從明天開始訓練你吧！」

「哎、太、太好——咕！」

「別高興得太早，我的訓練可是很嚴苛的喔！一定會把你鍛鍊成不會輸給嚴寒和北風的堅強人類男子漢！」

「咦、哎？可、可是我是獸人族……」

雪琳拍了拍惠恩的肩膀，咧開唇齒，嘴角所描繪出來的銳利笑容，讓惠恩汗腺全開，心裡不禁懷疑少女到底要用的是什麼樣的訓練方法，竟然連種族都可以改變嗎？

「嗯、欸！我、我不會退縮的。」

「有這個志氣很好……不過，現在應該先叫大家起床了吧！」

「咦？」

「時候差不多了。」

雪琳說完「咻」地跳了起來，抬起手臂指了指天空。

「月亮來到午夜方位，所以我們也該準備出發了。」

仰望著銀髮少女的魔王，順著其凝視的方向看去，儘管只看見錯綜茂密的林木，但他卻很清楚那個方向有什麼。

就像要肯定惠恩醞釀在喉嚨裡的那個答案，勇者的聲音傳入耳中。

「今天晚上，我們要越過天幕。」

有一說是上古時期流傳下來的神聖兵器，是在連龍曆都尚未發明以前，阿爾洛諦絲女神賜予第六天魔王皇權的證明。

有一說認為年代沒這麼久遠，號稱是史上最英明神武的前代第六天魔王在修練多年的魔法以後，無意間窺探到宇宙奧祕並且創造了此一法術，然而憑空創造魔法的代價過於巨大，種成魔王之後對上人類勇者的敗因。

是魔法，還是兵器？是科技，還是無以名狀的其他存在？形形色色，眾說紛紜，無論是學說、幻想、稗官野史……都來湊上一腳，充滿著神祕色彩的此物，其名為「天幕」。

橫亙於兩大天魔境和中之國交界的廣大平野，據說其模樣宛如一座包圍住整個第六天魔境的巨牆，天幕以無人知其原理的方式阻擋住了各族之間的聯繫交流——對於每天都只有一百人獲准穿越的這道屏障，其他人無論用盡什麼樣的方法，都絕對會被阻擋。

一行人若是想順利前往第一天魔境，就非得通過這個阻礙不可。

「我們不可能經由邊境城市出境。」

「為什麼？」

就在決定出發前往第一天魔境之後不久，三人聚集在魔城的書房裡，討論出行的計畫。

鋪滿整張桌面的巨大羊皮紙地圖，一旁堆著像小山般的資料和計算紙。

地圖上繪出了一條藍線，彎彎曲曲地串起魔城、六魔之森直到穆斯多，是雪琳自認為最安全也最能得到充分補給的路線。

帕思莉亞簡短的一句話，卻讓事情變得複雜起來。

一手按著測量精密的地圖，雪琳聽到這句話後，隨即皺起了眉頭。

她望著兔耳少女，要求對方加以解釋。

「靠近第一天魔境最大的邊境城市是穆斯多，但是我們絕對不能經過那裡。國境線上的邊境城市雖然商業發達，但也到處都是名族的眼線，要是我們大搖大擺地走進去，等於是把目標暴露到敵人眼前。」

「名族們一定會盡全力阻撓能使彌亞小姐獲救的計畫。」

想到名族們險惡的意圖，惠恩心情沉重地吐了一口氣。

「另外一個理由……」

望了臉色發白的魔王一眼，帕思莉亞繼續說：

「天幕每日能夠允許通過的人數有限，各個邊境城市目前是採取平均分配總額的方式。就以規模最大的穆斯多來說好了，每天最多能進出五十人左右，大多數的商人早在好幾個月前就會先預約通關，可是彌亞小姐並沒有那麼多時間慢慢等。」

總而言之，不保證能立刻通過國境，不保證申請通關之後會不會遭受刁難或者其他惡意的對待，還要擔心名族的爪牙趁隙襲來。

邊境城市原本就是諸國往來互通有無的重要樞紐，天幕的存在又使得資源向少數都市集中，讓它們的地位更為穩固。

比起一般人，名族更有本錢在那樣競爭的環境中立足，逐步建立起壟斷跨國貿易的巨大商團，搖身變成難以駕馭的野獸，加上與魔城之間天高皇帝遠，想要撼動他們並不容易。

「那麼如果拜託西市場的人為我們準備假身分呢？」

「出身名族的我，還有惠恩大人，模樣都太過顯眼了。就算能仔細偽裝，但生重病的彌亞小姐也還是隱藏不了的，只要調查最近有哪些馬車載過病患，遲早都會被識破。」

「嗚，但如果不經由邊境都市，又有什麼方法……」

「這……我也不知道。」

帕思莉亞一一剖析前往邊境都市可能遭遇的困難，藍髮少年光是用聽的就覺得渾身冒起了汗，連忙詢問少女有何良策，但是對方也只是兩手一攤。

室內瀰漫著一股低氣壓，就在主僕兩人抱頭陷入了苦惱，眼看就要無計可施之時……

「就算不經過那些都市，也一樣有離開魔境的辦法啊！」

一旁的銀髮勇者開了口。

「咦，妳、妳說什麼？」

「妳是真笨還是假裝笨啊？某個不經由正常入境方式就潛入第六天魔境的暗殺者，不就正站在妳的面前嗎？」

雪琳半閉著一隻眼，俏皮地對著兩人搖搖手指。

聽她這麼一說，帕思莉亞先是睜大雙眼，而後張大了嘴，發出了幡然醒悟的高喊，惠恩慢了半拍後也加入了這道吶喊聲的合唱。

「既然正規的路走不通，那只要用偷渡的就可以啦！只要想像成是敵後作戰的特殊版……」

雪琳將這個大膽的計畫形容為作戰，唇角揚起了銳氣的笑容，這副模樣令一直以來都當著乖乖牌的兩人看了不禁大感敬畏。

「說不定邊境都市和天幕根本沒有關聯，人們純粹只是想沿著熟悉又安全的道路走，才總是經過那些都市。」

「對、對齁！這麼一想，穆斯多的歷史本身就比天幕的存在還要久……」

彈了彈手指，雪琳指出了至今以來無人思考過的盲點。

聽到這番話，帕思莉亞也像是恍然大悟般，用力捶了一下手掌心。

「既然如此，我有個計畫！」

帕思莉亞大喊著，一鼓作氣地爬上了桌子。

「即使是再怎樣的銅牆鐵壁，也一定有可以進攻的弱點！」

嬌小的身材無法俯瞰桌面，她只能以這種方式把計畫的內容告訴其餘兩人，隨手拿了一根木棒指在地圖上的某一個點。

「這裡。」

承受三人視線匯集之處，帕思莉亞揭示了此行最終的目的地。

並且說明了那個理由。

「啊啊！可行！」

「太了不起了，帕思莉亞！」

聽完她的講解之後，雪琳和惠恩雙雙露出贊同的表情。

難掩興奮的心情，藍髮魔王連聲稱讚著兔耳少女，接著又望向雪琳。

充滿了感謝的目光，和對方的視線交纏。

「還有雪琳，我也要謝謝妳，妳真是幫了大忙！」

「小意思……」

銀髮少女把手舉在胸前搖了搖。

「這點小事何足掛齒？只不過，這樣一來，又要重新計算補給品的數量了，而且，這條路徑必須穿越怪物巢穴的森林中心。」

這可是場硬仗……銀髮少女的表情一半像是在平靜地陳述事實，另一半卻像是欣然接受這項挑戰。

「不管是龍潭虎穴，我們都要一闖。」

「沒錯！」

惠恩握起拳頭，以堅定的語氣說道。

聽到這句話，帕思莉亞點頭，雪琳則是笑了。

彼此的眼神中，找不到任何畏懼或是退避，有的只是充滿希望的光芒。

「那麼，我就去準備需要的武器和彈藥吧！」

「食材之類的補給品，請讓我負責。」

「我、我也會去收集更多的情報。」

三人別有默契地按照自己擅長的領域分工合作，就此結束了會議。

「這次……一定會救回彌亞小姐！」

絕對不要再有任何的遺憾。

在雪琳、帕思莉亞接連離開了房間之後，惠恩抬起頭，望向窗外的藍空，輕聲地細語。

時間回到現在。

月正當中，深瞑籠罩的「六魔之森」。

像水溶溶一般，從天空湧降的黑暗，宛如液體般懂得流動，向下浸入這片森林，散發著一種奇特的朦朧感。

眼前所見的場景，就像是一幅純粹用墨筆在黑色宣紙上凌亂描繪的草圖。

熟睡的森林間開始產生騷動。

「呀啊啊啊啊啊！給我使盡全力跑喝啊啊啊！」

黑暗中突然爆出了高亢的吶喊，下個瞬間，一輛馬車突破了有半個人高的草叢橫衝直撞地殺將出來。

「喔喔，雪、雪琳──拜託慢一點啊啊啊！」

「笨蛋，給我看看情況啊，再慢一點，我們就要變成怪物的晚餐啦！」

響徹夜空的倉皇慘叫，揮落在馬背上的鞭子劈綻驚雷。

「吼嚕嚕嚕嚕嚕！」

少女的話音甫落，馬車後方頓時響起讓人血液為之結凍的可怕吼聲──緊接著，一群暴狼從林中現身了。

「可惡，還真是死纏爛打。」

他們在穿越六魔之森的時候，遭遇到了夜行性的掠食者攻擊。

比起普通的森林狼體型大上了一倍，凶暴程度則是完全超出想像，這種凶猛的怪物一旦鎖定了獵物就會窮追不捨，是旅行者和獵人的惡夢。

「嗷嚕嚕嚕嚕！」

「呀啊啊啊，要被追上啦！」

邁開四足狂奔的怪物速度驚人，好幾次都差一點就能撲上馬車。

「別過來啊啊啊！」

「安靜！」

「我們不好吃啊！」

「我——說——安——靜——」

「嗚吼吼吼！」

隔著窄窗望著凶惡追兵的惠恩與帕思莉亞害怕地抱在一起，每當狼群發出憤怒的咆哮，車廂內便接連傳出慘叫，兩者夾雜在一起，讓場面混亂到不行。

雪琳額頭上暴起了青筋，「我不是叫你們安靜嗎？還有暴狼，你們也吵死了！」氣急敗壞地大喊。

「嗚哇，牠們跳上來了！」

雪琳朝右上方瞥了一眼，隨即抓起放在副駕駛座上的長劍往暴狼頭上敲了過去。

「咆嗚——」慘遭痛擊的野獸就此彈出車外，但還是有好幾隻暴狼成功地攀上了馬車。

登上馬車的暴狼開始撕抓車頂，如果讓牠們攻進車廂內，那一切就完了。

「雪琳，快想想辦法呀！」

「噴！抓穩了！」

雪琳汗水淋漓，一咬牙，大力甩落皮鞭，馬車一口氣加速。

「沒有得到允許的乘客不准搭乘馬車！」

「呃欸欸欸欸欸？」

喀啦啦，匡噹噹噹！嗚嘻嘻嘻——駿馬發出了高昂的嘶鳴聲。同時加到最高速的馬車車廂，也在瘋狂的顛簸中，發出了令人膽顫心驚的巨響……在粗暴的駕馭下，馬車彷彿下一秒鐘就會在空中解體……此時來了一個大甩尾——

「噗呃呃呃呃——」某樣東西被擠扁的聲音，但是雪琳現在沒空去管這麼多了。車頂上的暴狼無法預料到這種情況，一隻隻被甩飛了出去。

「啊哈哈哈哈！」

銀髮少女毫無同情心地大笑起來，飛到半空中的馬車一落地，再次傳來悲慘的衝擊聲。

「我們安全啦！」

「嗚……」

「喂，沒死的應該回應我一下吧？」

「差、差一點就去投胎了。」

車廂裡傳來了虛弱的回答。聽起來，像是難以判斷究竟是現在這樣比較好，還是乾脆就讓暴狼吃掉算了吧！

「喂！妳這個胸大無腦勇者，差點就把我們全都害死了知不知道？」

「住口，笨蛋兔耳朵，當時那種情況妳還能要我怎麼辦？」

「好了啦，雪琳老闆當時也是……咳！為了咱們才出此下策的啊！」

「既然現在都安全了，妳們就不要再吵了，嗚呃……我好想吐。」

有驚無險地逃過了葬身狼腹的命運，馬車繼續奔馳，終於，雪琳判斷已經遠離危險，在靠近第六天魔境邊境線上的一處空地放慢了下來。

被暴狼的尖牙、利爪弄得傷痕累累的馬車一停下來，眾人立刻連滾帶爬地逃出了車廂，就連兩匹駿馬也露出一副馬生將盡的表情，真可謂是人仰馬翻。

帕思莉亞一下車就怒氣沖沖地找雪琳算帳。

「所以說，一定還有更溫和的解決方式啊！」

「我知道了，下次把妳丟下去，我們就可以擺脫那些臭狼啦！」

「妳、妳敢？」

不遠處，兩人為了剛才不要命的狂奔互相指著鼻子大聲爭吵，不過，其中一方因為遭到了威脅，兩隻腳暗自發抖，氣勢顯然較弱。看著這幅光景，惠恩悄悄嘆了一口氣。

「惠恩老闆，您還好吧？」

「唔，嗯……我沒事，謝謝妳的關心，彌亞小姐。」

獅耳女郎走到了藍髮少年身邊，並肩在空地上坐了下來。

傲視群倫的雙峰，在屁股落地的一瞬間波濤洶湧。

「剛剛真的是很驚險吧？」

惠恩對於彌亞的鎮定佩服不已，明明同樣經歷過那樣驚險的場景，但她現在卻是一副豪邁地伸直雙腿，彷彿全然無事的悠哉態度。

相較於自己，惠恩撫著胸口，激烈的心跳好像直到此刻都還難以平復。

「呼……差點就要魂飛魄散了。」

「畢竟冒險的過程中，也不會總是風平浪靜的嘛！不過，被怪物追殺這種經驗，姐姐覺得還是越少越好，您說是吧，惠恩老闆？」

「啊哈哈哈，是、是這樣的嗎……」

惠恩突然覺得這個問題有些難以回答，一邊冒汗一邊苦笑。

雖然過程中有好幾次都覺得「這下死定了」，內心充滿了恐懼，但是事後卻感到十分地回味，這樣的感覺不知該如何形容……

「我也……該怎麼說，雖然這樣有些奇怪，不過，要是再遇到這種事，我想我並不會害怕。」

惠恩低著頭直直望著自己放在膝蓋上的手掌，用有些困惑的聲音說道。

隔著肩膀將少年此刻的神情收入眼底，彌亞將嘴角高高地翹起。

「啊，果、果然很奇怪嗎？」

「不會呀！這只是您又成長了而已。」

惠恩原本覺得有些羞於啟齒，卻在看見對方一副格外寬容的態度之後，驚訝地睜大了眼睛。

「如此樂在其中，說不定惠恩老闆其實有顆冒險家的心呢！」

「呃，這……哪有，我、我還不成熟……」

「有一顆不怕冒險的心和進取犯難的精神，是領導者的必備條件，這一來姐姐更看好您回到魔城以後的表現了。」

彌亞彎起了眉毛愉快地說。

然而，這個話題卻有些刺痛了惠恩。

他還能再次回到魔城嗎？

無法回答的疑惑令身體隨之冷卻。

身體彷彿懸空的虛浮，使得他連一丁點微笑都擠不出來。

「對了，帕思莉亞和雪琳呢？」

他連忙轉移話題。

「她們剛剛往那邊去了，說什麼要去勘查狀況。」

「咦？」惠恩丈二金剛摸不著頭腦，呆愣地張開了嘴巴。

「請您抬頭看看天上就知道啦！」

惠恩依言抬頭望向天空，隨即露出了驚訝的表情。

「這是……」

在彌亞尚未開口回答以前，少年就意識到了那個答案。

「這就是天幕嗎？」

「這就是天幕？」

距離兩人不遠處，銀髮勇者和兔耳少女一同爬上了小小的山丘。

讚嘆的聲音，幾乎是同時，脫口而出充滿敬畏的低喃，抬頭仰望著身前的景色，即使脖子弄到發痠，也依然持續感受到了震懾。

眼前是一大片橫展於空的幻霞，隨著每一次舞起的漣漪飄浮無定地變換。

高度距離地表大約三十肘，在人類與獸人族的兩名少女面前，朦朧不清的薄影，散發出令人目眩神迷的金屬色光芒，有些光就像液體一樣在天空中流動。

如此神奇，如此壯闊。

「那是極光……嗎？不，比極光還漂亮……」

「親眼看到，比在書中讀到的震撼一百萬倍啊！」

「當初進來的時候真不該老低著頭看著腳下……」

兩人長吁短嘆，就恨自己為什麼沒有更早看見這幅景象。

經過了一會兒，兩人稍微收拾起了敬畏的心情，開始專心準備工作。

「時間、地點都對吧？」

「時間不確定，不過應該是這時段左右沒錯。位置……當初我進來的地方就是這裡。」

帕思莉亞此刻的神情看似無比緊張，不停地拿著地圖上上下下地比較。一手拄著寶劍，蹲下身在雜草堆中恣意翻撿，檢查完土地狀況的銀髮勇者，抬頭看了看周圍的環境以後站了起來。

「那時我也是誤打誤撞才闖了進來的啊！」

事前並不知道天幕這項情報，銀髮勇者之所以能夠踏上第六天魔境的土地，完全就是運氣使然。

而今，這項恐怕連當事人都未曾認知到其重要性的經驗，卻成了他們是否能順利穿越天幕的關鍵。

離開第六天魔境的方法，一言以蔽之就是「偷渡」。

然而，實際上又該怎麼進行，才是接下來所必須面臨的課題。

困難點在於，他們對天幕所知的太少……

局外人的雪琳自不用說，身為天幕主人的惠恩，對於自身所有物的瞭解竟然意外地少……他說他被第三天魔王帶到了「那個房間」以後，看到的是設置於房間正中央的儀器。

看見之後，便自然而然地懂得了如何控制與使用。

也就是在那時，青葉完全確定了他作為第六天魔王繼承者的身分。

事後回想起來，與其說是他操控天幕，不如說是天幕回應了他的呼喚，按照他的意志而開啟。後來，惠恩以此作為和名族們談判的手段，雖是沒有經過深思熟慮的行為，但對於才剛開始成為魔王的少年來說尚且情有可原。

但是，之後惠恩再去了幾次那個房間，無論怎樣嘗試與其共鳴，開啟之後的天幕，卻像是沉睡一般再也沒有動靜了，傳出的意念總是石沉大海。

總歸起來，他們無法掌握穿越天幕的必要條件。

不過，憑著手邊僅有的情報，帕思莉亞依舊發揮了策士的本領，「王立大學五百年來的奇才」將其腦海中淵博的知識，淋漓盡致地使用。

她將整件事情歸納成兩個要素，其中一項，是地點。

「如果穿越天幕的條件是『地點』，那麼真相或許是，在我橫越境界線的這個地方有一處『破口』……」

一步一步，慢慢地向前走著的雪琳，朝前方伸出了一隻手。

然後，就在走到某一個地點的時候，她站定了。

「過不去了。」她說。

空氣中彷彿有一堵看不見的牆，手掌心傳來柔軟但卻不肯退讓的力道。雪琳撿起了一顆小石子，咻——小石子毫無阻礙地飛進了黑夜的原野。

「不管是石頭、沙土、風還是蝴蝶、小蟲子，都可以自由地穿越。」

「但是人類和獸人族就無法了……果然是只限於有智慧的生靈嗎？」

帕思莉亞也試著又推又擠，可想而知，隱形的巨牆紋風不動。

她嘆了口氣，抬頭看著以奇怪的角度不停閃爍的波光。

無論如何，幾乎可以確認，條件並非「地點」。

「那麼，恐怕接下來只能仰賴另外一個要素。」

「對，就是『時間』……」

帕思莉亞注意到「每天只能讓一百個人通過」這個說法，有一個很重要的前提——要是沒有一個決定「開始」與「結束」的時間點，天幕便無法做出區別「第一個人」和「最後一個人」的判斷。

換言之，若是能找出循環「起始」的時間點，說不定就能重現銀髮勇者當初所辦到的事情。

「不過，現在也只能耐心地等了。」

銀髮少女抱住雙臂，抬頭望著漆黑的天空。

Unemployed Heroine and Devil's Guard

ch.7 什麼時候會有看見魔王裸體的錯覺？

是什麼時候開始習慣黑暗的呢？

朦朧的疑惑升起在腦海之時，是意識回歸到清醒的水平面之際，思考著這個問題的意識的主人——奈恩，任憑身體各處接受的感覺刺激在腦中激盪打轉。

奈恩並沒有獲得祝福。

對於普通人而言，能夠在睜開眼睛的瞬間，感受到自己清醒著，相對地，閉上雙眼的同時，也可以明確地理解為是該休息的時刻了。

但是，即使是這種對所有人來說都再當然不過的道理，也不可能適用在奈恩身上，無論是清醒還是沉睡的時候，眼前永遠是一片黑暗。

奈恩並不是一開始就看不見東西。

他的視力曾經一度好到能與鷹隼相比，即使是數里以外進犯的敵人，他也能準確無誤地說出領軍將官盔甲的顏色與旗幟圖樣。

他與另外兩人齊名，以「三幻聖」之名威震整片大陸，意氣風發，在前代第六天魔王麾下，率領魔族的軍隊達到帝國的頂峰。

在那一天以前，他曾經深信有一天能和兩名摯友，以及最敬愛的魔王，一同見證第六天魔族統治世界的榮光到來。

只可惜，這樣的夢想最後還是破碎了。

「一同」、「見證」、「統治」……要完成這個夢想裡面的每一項條件，如今都化為泡影，不可能再實現了。

被孤單留在這個世界上的自己。

深受黑暗包圍著的自己。

沉浸於永恆的敗北恥辱。

受無窮無盡的懊悔捆綁，此時此刻站在這裡的奈恩。

第六天魔族一千年以來最完美的戰士。

魔族英雄。

但他認為自己不是。

耳裡飄入的細微聲響將奈恩喚回現實，他從很早就注意到了房間裡頭有著另一個人的存在，只不過他打算放著不管。

一方面是因為他的心情不佳，另一方面則是因為那個人可以說是和他同樣有著近乎無限的時間可以消磨。

奈恩任憑心緒沉浸在過往的回憶之中，渾然不在意時光的流動。

客人也靜靜地配合，不過隱約之中，奈恩覺得對方似乎正勾起了嘴角。

有種被窺視著……不只是外表，而是內心的感覺，令人十分地不快。

正當奈恩不耐煩，打算開口時……

「呼呼……起床氣應該已經消除夠了吧，奈恩？」

黑暗裡頭傳來了戲謔的話語。窸窸窣窣地在地板上蔓延的寒氣，像是有生命一般，說明了來者的身分——擁有最恆久的生命，稱霸大陸一方的第三天魔王青葉。

地點位於第六天魔城首屈一指的酒樓「阿爾洛諦絲之淚」。

和上次相比，最大的不同便是四方都放下了厚重的黑色簾幕，密不透風，阻絕了外界的喧囂，更讓光線無法穿透。奈恩包下的這個頂樓的房間，是一處全然的黑暗。

「從上次分開之後，你是不是一直都坐在這裡喝酒，沒有動啊？」

青葉抽了抽幾下鼻子之後，故意以會惹毛奈恩的語調繼續開口。從瀰漫在整座房間裡頭的釀造物氣味判斷，他或許已經待在這裡很長一段時間了。

「要不要猜猜看現在是白天還是晚上呢？」

金髮魔將冷笑了一聲。

「我不想猜，白天和夜晚對我而言都沒有意義。自從降下了天幕，第六天魔境早已籠罩在巨大的黑暗裡，青葉大人，想要惹惱我是沒有用的。」

「喔？」

聽見對方平穩的聲音，青葉知道此時的奈恩已經完全轉換好了姿態。

覆上以冷靜和自信融合的面具，黑暗中傳來了與先前截然不同的存在感，此時與第三天魔王對坐的，是不會輕易受到挑釁的「三幻聖」。

——既然如此，那就改變方法，旁敲側擊吧。

青葉緊閉的雙唇揚起了惡意的笑容。

「星見祭已經結束了，照理說妳不該繼續留在這裡。」

「呼呼，你這麼說就不對了。奈恩，我啊，可是會為了需要我的好孩子出現在任何地方的天使……啊不對，是魔王！正是接收到了你對我的呼喚，我才會特別留下來的呀！奈恩，我們是心意相通的，不是嗎？」

面對著無法視物的黑暗和無法看見的對手，青葉仍然如同往常一般露出勾魂攝魄的笑容，媚眼如絲，霧氣的外衣隨著每次呼吸時上下翻捲，幾乎遮不住胸前的雪峰。

「哼。」

「哎唷！人家好難過，你竟然一句話都不吐槽。」

儘管裝出了嗚咽的聲音，第三天魔王卻是譏嘲地無聲笑著。

隔著黑暗，響起了奈恩的嗤笑聲。

「夠了，別再說這些無聊的廢話，開門見山吧，青葉大人！」

聽到奈恩如此開口，青葉彷彿覺得有點掃興似地嘖嘖出聲。

「我確實需要妳幫一點小忙。」

面朝黑暗空間的彼端，坐在椅子上的魔將傾身向前。

「自從包覆於天幕，與世界斷絕聯繫之後，這個國家日漸墮落……戰士失去戰意，名族耽溺於權勢，平民則變得貪生怕死，所以，我決定出手了。」

充滿危險的聲音環旋，奈恩以霸氣的聲音宣告：

「我已經將最大的障礙掃除，接著就會讓元老院臣服於我的腳下。軍隊、平民，全都將集合在一起，化為一柄劍，這把劍將會貫穿大陸的心臟。」

「你說的障礙？難道是……」

「軟弱的魔王。」

奈恩傲然頷首回應，就連第三天魔王也不得不愀然變色。

「你殺了惠恩？」

「我沒有殺。」奈恩搖了搖頭。

「我對前代的血脈給予了最後的仁慈，但如果他繼續留在魔境，我會毫不猶豫地結束他的性命。」

「我明白了。所以……你要我做什麼？」

「我要妳替我鑑定……我奈恩是否擁有作為王者的資質。」

「哼嗯？」青葉露出了感興趣的表情，很快地說道：「要是我說沒有呢？」

「事實妳很清楚。」

奈恩想也不想地幾乎是瞬答。

青葉大笑了起來。

「說來說去，你的心裡根本早已有答案了，不是嗎？不管我說什麼，你也絕對不會否定自己吧，奈恩！」

「沒有錯，繼承前代的意志，帶領第六天魔族取回榮光，這件事捨我其誰？但是，青葉大人妳還是有別的用處。」

「喂！不要把人說得好像好用的東西一樣啊！」

「當初鑑定惠恩擁有前代繼承人資格的人，是妳，還有那時……讓我奈恩知道自己究竟是誰的人，也是妳。青葉大人，在六天魔王中，唯有妳擁有獨一無二的能力——引導。我需要那股力量。」

青葉瞇細了雙眼。

「也就是說，你要我在眾人面前宣告你是前代的繼承人？藉由我第三天魔王的權威？」

「正解。」奈恩明快地說道。

青葉閉起眼睛，露出了彷彿完全理解的表情點了點頭，下一刻……

「但是，這並不是事實，真相究竟是什麼？」

黑暗那端，動搖的氣息傳來。

青葉睜開雙眼，碧色的眼眸看穿著一切說道：

「如果你有心掌控第六天魔族，大可不必這麼大費周章。憑你自身的實力、你對軍隊的掌控和威望，要擊垮元老院根本輕而易舉，不是嗎？無須再透過我向人民展示……除非，你在懷疑自己。」

一瞬間，盤踞在房間裡頭的黑暗猛然噴發。

捲起了巨大的氣流，震開四面帷幕，通明的燈火旋即躍入房裡，將一切照得無所遁形——也映出兩人此刻的神情。

是夜晚呢，你猜中了嗎，奈恩？

金髮魔將面無表情的臉孔和第三天魔王的笑容相互映襯。

啪啦！垂下的帷幕又讓一切重歸於闃暗。

「雖然你說一切都準備好了，但心中卻仍存有最後一絲的疑惑……那是什麼呢？就讓我猜猜看吧！」

聲音以極近距離傳入耳裡，不知何時，青葉猶如鬼魅一般飄至奈恩身旁。

「是惠恩。」

輕搭著肩膀，青葉就伏在他的耳邊，刺入耳膜，滲透靈魂的輕聲呢喃，奈恩的氣息起了不一樣的變化。

皮膚上傳來雪山女妖之王冰冷的觸碰，魔性的嗓音趁虛而入，試圖逐步瓦解魔將的心防。

「在這世上沒有人像你一樣追隨前代那麼久，可是，到頭來某個不知道從哪蹦出來的小鬼，卻比你更具有資格繼承魔王的位置，只因為他的身上流的是前代的血脈。」

「我並不在乎魔王的虛銜。」

「但是你在乎和前代的關聯！」

話語猶如槍戟刺破防衛，黑暗中，奈恩一聲不吭。

「你沒有辦法忍受像惠恩那樣的存在比你更接近前代，奈恩，捍衛整個魔族的城牆無法容許一絲裂痕，在掌控一切之前，你必須先消除自身的弱點。光靠我的背書沒有用，你得連自己都深信不疑才行。」

「這樣子的話，妳就沒有用了。」

冷酷的聲音傳來，空氣中開始凝結寒意。

判斷該是收網的時刻，第三天魔王的眼裡，綻發了狡詐的亮光。

「……我有辦法。」

「什麼？」

「某個能夠證明你比惠恩更具資格的辦法。」

「開什麼玩笑？」

聽著金髮魔將蘊含怒氣的聲音，第三天魔王不慌不忙。

「我可不是在開玩笑喔，奈恩，如今的你和惠恩可以說是旗鼓相當，雖然他擁有魔王的血統，你卻是唯一和前代一同出生入死之人，然而你覺得你們之間唯一的差異是什麼？」

「……天幕。」

沉默了片刻之後，奈恩喃喃地擠出了那個答案，蹙眉顰首。

天幕之力，被視為前代魔王力量的證明，同時也成了元老院接受惠恩身為正統繼承人資格的依據。

「既然如此，把天幕奪取過來不就得了？」

「妳說什麼？」

「讓天幕認同你，所有人就沒話說了吧！奈恩，如果你想再次向人類王國宣戰，也不能放著它不管，只要天幕存在一天，你的軍隊就出不了國境線。當然，這不是一項輕易的任務……但我會幫你。」

口中說著柔軟魅惑的聲調，青葉坐在奈恩背後的椅背上輕晃著腿，細長的手指依次撫過他的頭髮、頸部、肩胛……突然，她的手腕被一把抓住。

「妳怎麼可能這麼好心呢，第三天魔王？」

「戰爭。」

「嗯？」

被猛然拉向金髮魔將面前的魔王，面不改色地說道。

兩人的距離近到足以相互品嚐到對方所呼出來的氣息，魔王的氣息就如同雪山般冰冷，然而其中夾雜的野心卻真實而熾熱。

「我可以大方承認有所圖謀，但保證絕對不會對第六天魔族不利。戰爭，我要的就只是這個！奈恩，我幫助你取得天幕，你則把戰爭帶到我的面前，然後我們兩不相欠。」

青葉瞇細了雙眼。

「成交。」

——這正是她所預想的答案。

如同在暗處演練過無數次的劇本，幕後黑手的絲線將舞臺上的所有人都化為命運的傀儡，此時此刻，她終於將每個角色都引導到需要的位置。

「很好，那事不宜遲，我們立刻動身吧！」

第三天魔王吐出鮮豔紅舌，舔舐嘴唇。

她計畫的未來，正一步步靠近眼前。

「第六天魔城底下，居然還有這種地方嗎？」

「呼呼，任誰都想像不到吧！」

黑暗深邃的甬道裡，響起了兩道性格迥異的聲音。

由遠而近亮起的火光，照出了緩步走向深處的造訪者的身影，腳下喧譁的水聲，劃破深埋許久的寂靜。

「俗話說最危險的地方就是最安全的地方，因此，天幕也並非藏封於什麼神祕難至的寶庫裡，而是就隱藏在這座離宮之下。」

輕輕眨著蒼紫色的眼眸，青葉的聲音飄散在停滯的空氣裡。

「確實……若我知道這件事，一定早就上門親自處理掉天幕了。」

火光在臉上搖曳，聽完青葉的解釋，奈恩同意了這個說法，抬起頭面向著甬道的頂端。

兩側的石壁上貼著青苔，鼻子裡頭鑽進了霉味，憑藉視力之外的四感所體察到的一切，告訴奈恩這是一個很少被使用的空間。

天花板上的水滴不時落下，目不視物的他，依然準確地避開了每次滴下的水珠，一邊走卻一邊在心中泛起一股異樣的感覺。

明明是從未來過的地方，為何……在陌生中隱約有股熟悉感？

「還真不好意思啊，要你幫我舉火把……雖然你根本用不到。」

「怎麼會呢，這就跟為女士撐傘一樣，是紳士應盡的禮節。」

青葉嘻嘻笑了出來，奈恩則是輕描淡寫地回應。

「我們還要走多久呢，青葉大人。」

「怎麼，開始不耐煩了嗎？」

「沒有，我只是很懷疑，天幕真的就藏在這裡的深處嗎？」

腳下不停地向前走著，奈恩向著薄暗拋出了問句。

委身於僅容兩人並肩的狹廊，青葉沉默了片刻，微微揚起了嘴角。

「那我問你，一般人心目中的天幕，又是什麼樣子的呢？」

「沒有人見過天幕的真正形貌，但是人們都說那是前代所握有最強大的力量。」

一提起前代，奈恩的聲音充滿了尊敬與熱度。

「雖然被惠恩那個愚蠢的小子濫用，但天幕正如眾人所知，擁有界定國土的能力，因此，就算說這是真正代表魔王的力量也絕不為過。」

「以訛傳訛的謠言，往往會蒙蔽人們的雙眼。」

「嗯？」

「那是來自誰也不願意再踏進一次的地方的恩賜……你們第六天魔族是驕傲的種族，雖然自詡為大陸上最強大進步的國家，但就連你們知道真相以後，自尊心也可能因此粉碎。」

低聲吐露的話語濃濁不堪，青葉的神情也像被捲絞入這道漩渦，如同周圍的環境一般暗淡。

「只要到了最後，你就會明白，但是……在那裡等著你的是另一項挑戰。」

甬道斜度持續平緩抬升，最後形成階梯，兩人來到一處圓形的空間。

相形於先前的甬道，此處的空氣更顯得混濁，唯一連接外部的通道就是他們來時的入口，壁面、地板、天花板的用料感覺都更為講究，用的是經過精心琢磨過的石材。

如今那股異常的熟悉感來到了最大的程度。

感覺到青葉就此停步，奈恩偏過了頭。

「就是這裡了嗎？」

「你上去摸摸看吧！」

這種受到擺布的感覺令奈恩略略感覺到不快，雖然不知道青葉究竟在打什麼主意，但是事到如今只能跟著對方的指示去做了。

青葉告訴奈恩哪裡有設置放火把的鐵環，將照明工具插上之後，奈恩慢慢地走到了房間的另一端。

「……平面？」

整片牆面明顯與其他地方不同，手指上傳來冰冷光滑的觸感，像是某種金屬質材，奈恩的手指滑過其上，注意到某些銘刻的文字。

他開始閱讀那些文字。

金髮魔將的背後，青葉雙手抱胸，額角暗自掛起了冷汗。臉上的笑容盡皆消失，此時的她，凝神專注於金髮魔將的背影。

「……這是！」

忽然，空間中響起了一陣驚叫。

奈恩彷彿遭受雷擊一般，渾身顫抖。

「這、這上面的名字……嗚！」

看見這一幕的第三天魔王，頭一次露出緊張的神情。

「天幕就在這道牆的後面，奈恩，打破它，你就能跨入封存的密室！」

回應魔王殘忍催促的，是男子痛苦的聲音。

「不……但是……」

「快啊！難道你的覺悟就只有這麼一點嗎？」

青葉再也無法繼續保持從容，如果奈恩在這裡失敗，那她苦心籌劃的一切就都要化為烏有了，第三天魔王露出了像是要將對方咬碎的猙獰面孔，然而就在此時，她感受到了異狀。

身形搖搖欲墜的奈恩，突然之間完全靜止了。

「你不是說要繼承前代的意志嗎，難道就連這一點小小的阻礙也無法跨過去……嗚！」

「閉嘴，第三天魔王。」

尖銳的氣息一瞬間擦過了雪山女妖的喉嚨，使得她短暫地窒息，奈恩恢復了冷靜的聲音。

「我明白了。」

片刻的沉默後，奈恩抬起頭，將手放上光滑的壁面。

「原來這就是你們的墓塚……在我因傷回到魔城休養的那段期間，你們卻一一離我而去，最後被送來了這裡。」

第一個，是右下角。

「『先鋒』葛雷恩。」

鬚髮皆張的獅人大漢，記憶裡的形貌，總是在爽朗地大笑，時常按住奈恩的腦袋，就像不負其所背負的「先鋒」之名一般，作戰永遠身先士卒。

「我不會忘記你的背影，你總是引領我前進。」

奈恩將額頭靠在葛雷恩的名字之前，但是他再也不會弄亂他的頭髮了。

然後，是左下角。

「『萬魔宗主』伊麗狄恩。」

額前一綹紅髮特別醒目，長著一對羚羊角的女性，是這世上首屈一指，不，肯定找不到比她更厲害的魔法師了！

印象中最深刻的一次，葛雷恩偷偷灌了她酒，接下來的奈恩……還是算了。

奈恩停留在這裡的時間特別長。

「我們再也無法一起作戰了，在我身處迷惘時，妳一直為我帶來力量。」

然後，是三角形的正上方。

這裡是空的。

「對不起。」奈恩道了歉。

三角形守護著的中央，在那裡的是……

「前代……」

席捲大陸的霸者，不為人知的真實名字。

「我要繼承您的意志，所以，也請您的墓碑別攔阻我。」

奈恩皺起眉頭，隨後——砰！

堅硬的壁面被轟出了一個大洞，奈恩跨過熔灼的洞口大步向前。

青葉眼睛發亮，也隨即跟著過去。

背後的空間，令人屏息。

失去視力的奈恩所能感受到的，只有空間中混亂異常的魔力風暴，幾乎可以用「噪音」兩字來形容，他拉起軍服外套，毫不猶豫地繼續邁進。

然而在青葉的眼裡，斗室之中所掀起的，是狂暴的光之龍捲風。

令人眼花撩亂，成千上百道細長的光束在空中畫出全無秩序的軌跡，即使有著霧氣外衣的保護，任何光束也能貫透青葉的身體，知道這一點的魔王急忙貼到牆邊。

「接下來……就只能靠你了。」她將一切的希望都寄託給了奈恩。

強大的力量發出排山倒海的呼嘯，想要撕碎奈恩的身體，光束如雨襲來，卻全都發出清脆的聲響被彈開偏離了軌道。「三幻聖」豈為易與之輩？他的力量爐火純青，甚至遠遠超越了青葉的想像，讓她又驚又喜。

「嗯？」

在接連侵擾的光之暴雨中，奈恩注意到了那個事物。

在風暴的正中央，存在著某個絕不尋常的、無以名狀的東西。

奈恩不顧越來越狂亂的風暴阻止，筆直朝其前進。

那是一個懸浮在半空中，閃閃發光的星體般的事物。

但如果再仔細一點觀察，那是一個環。

「與其說是天幕，不如說是『天環』還比較正確吧！那些傢伙給出來的，盡是一些莫名其妙的東西……」

遠離風暴的核心，盡全力將霧狀外衣的保護罩撐開到極限的青葉皺著眉頭，吐出了怨氣的話語。

奈恩立時就明白了。

「天幕的本體……是吧？哼！」

想說的話只有一句，想做的事情也只有一件而已。

「給我臣服！」

他伸出手掌，握住了那個光環。

彷彿感應到來者不善，手指間的縫隙中，陡然迸出了強烈的光芒。

「呃啊！」幸虧青葉及時以手掌遮住面孔，否則可能就此失明，然而奈恩卻對此完全無動於衷。

「不要反抗了，你這東西，難道有自我意志嗎？真是有趣，我繼承的是在你曾經跟隨過的主人之中，最偉大的那一位，因此，你也應該奉我為主。」

彷彿知道這樣的攻擊起不了作用，強光漸弱了下來……可是，魔力的亂流非但沒有平息，反而變本加厲。

第二波的防衛機制啟動了。

旋繞在光環之外的所有光束，聽從本體的命令，全部朝向奈恩發動攻擊。

上千道光束齊飛向外，然後轉頭，全速攻向奈恩，金髮魔將瞬間被扎得跟草人一樣……噴出了無數的血雨。

「奈恩！」

耳際似乎傳來青葉焦急的大喊，可是奈恩置之不理。

「別再受血脈蒙蔽了，給我認清現實，現在支配著你的，難道不是一名可笑的弱者？連一點價值也沒有。能為你帶來榮耀者唯有真正的第六天魔族領導者，也就是我——奈恩！」

魔將抓住光環，朝空中高舉，將身上的光針一一吸入了體內，同時以緊閉的雙眼怒視嘗試做最後反抗的天幕。激烈的交鋒即將到達尾聲，奈恩的意志毫不動搖。

「這就是……你的真貌嗎？哈！」

奈恩了解了。

了解了握在手心中，這份巨大力量的真形。

就像知識自然而然地流入腦海，黑暗的視野中，光旋轉著，光集合著，光架構了起來……遮蔽國度的巨大之幕，其真面目乃是一道不斷旋轉的巨環。

「此刻在我面前這小小的光環，竟然反映出了真實世界中的天幕的旋轉速度嗎？真是神奇。原來如此……你會與支配者的意志相互感應而設定自己，因為上一名支配者的要求，所以才產生了隙縫。」

原來這正是天幕的原理——繞著國境線不停旋轉的巨環，每當其缺口處經過之時，便能讓人短暫通過，其上限為一百人。假使讓某名兔耳少女得到更多的資料，或許也將能推論出來吧！

「惠恩這蠢蛋，他完全不了解自己擁有的是多麼強大的力量，竟然只是將你當成玩具般使用。」

不知是否是奈恩的話語真的起了效果，光環開始急促地明滅。

天幕漸漸受到了馴服……然而此時卻也是它的最後一道試煉。

天幕開始傳送強大的力量給奈恩，魔將的雙腳懸空，本人卻毫無知覺。

「奈恩……」面對無比凶險的這一幕，青葉眼眸搖曳，啞然無語。

怒濤般的魔力在他體內橫衝直撞，奈恩全副的精神卻都迷失在與天幕的對抗裡，從其臉上痛苦的神情，青葉知道他正逐漸失去了控制。

「快、快清醒過來啊，奈恩！萬一你無法承受這股力量，就連我也會死無全屍啊！」

她已經預見的奈恩的下場。

青葉的臉上失去血色。

「該死，我豁出去了！」

此時此刻，第三天魔王做出了決斷。

她大喊一聲，奔向了奈恩，「好不容易走到了這裡，我絕對不要在此功虧一簣！」

旋即張開霧狀外衣，同時包覆住兩人。

奈恩的臉孔猙獰扭曲，青葉緊緊抱著魔將，以自身的魔力展開引導。

她使出渾身解數試圖讓奈恩體內的混亂恢復平衡，儘管有霧狀外衣這項與天幕系出同源的寶物，身處於魔力漩渦中心的青葉依然付出了難以想像的代價。

她所擁有的力量原本就不適合用來戰鬥，毫無防備的身軀不斷承受著可怕的衝擊，猶如遭受磔刑折磨。

高溫、寒冷、殛電……緊密相依的肌膚，傳來了渾身撕裂的痛楚，所有奈恩正在承受的痛苦，她也同樣咬緊牙關加以忍受。

汗水淋漓，呻吟嬌喘，意識迷茫……然而青葉絕對不允許在這裡放棄。

「像……像你這麼有用的棋子……絕對不能失去……」

不連貫的喃喃囈語，青葉的意識已經逐漸到達極限。

突然——

「……呀？」

突然恢復清醒的一瞬間，青葉發覺自己的身體在半空中飛了起來。她從奈恩身上被震退，毫無反應時間地撞上了牆壁，發出了可怕聲響。

臟腑遭受嚴重衝擊，差點咳血。

「嗄哈！」接著悽慘地跌到了地面。

原本潔淨的軀體蒙上塵埃，無比虛弱的青葉費力地撐起上半身，朦朧的視線裡捕捉到了一條挺立的身影。

「那是……」

青葉微微張開了嘴巴，卻再也說不下去。

眼前的那副形貌，和記憶並不相符……不，不對，應該說正是這樣「才是相符」，魔王訝異自己竟然得出了如此荒唐的結論。

「你居然變回了……那個樣子嗎？」

青葉忍不住想放聲大笑，「這、這下子就……呵哈哈、呵咳咳咳……」可惜笑沒多久就開始劇烈咳嗽。

她的傷勢很重。

「青葉大人，我必須感謝妳，如果不是妳最後捨命相救，我肯定無法消化天幕巨大的力量。」

「哼、哼哼……別說這種肉麻的話了，奈恩，你這孩子什麼時候變得這麼謙虛了？我們只不過是……在同一條船上。」

青葉吃力地抬起一條手臂，指著對方：

「有心回報我的話，就再一次去……打一場把所有人都捲進來的戰爭吧！」

「我知道了。」

「咦？這是做什麼？」

對方傳來了簡短的回應，然後，青葉望著被拋過來的軍服外套發呆。

「讓妳穿的，我總不能任由尊貴的魔王赤身裸體吧？」

「呀？」青葉的魔力在方才的過程中幾乎已被消耗殆盡，無法再維持霧狀外衣，感激地穿上了外套。緊接著，對方走了過來，一把將她抱起。

「這、這又是做什麼？」

被人突然公主抱在懷裡，即使是見多識廣的第三天魔王也不禁有些慌亂。

「安心地靜養吧，青葉大人，等妳一覺醒來，我就會把一場最壯闊的戰爭獻到妳的面前。」

「真、真是讓人信賴啊，那好，我就稍微……休息一下……」

嬌豔的嘴唇隨即浮現笑意，青葉放鬆下來，閉上眼瞼，進入了稍長的睡眠。

橫抱著熟睡的魔王，那道背影一步步走出密室，消失在甬道的另一端。

野風颯颯的荒地上，帕思莉亞正慌亂不已。

「出、出什麼事了，母牛？」

「我、我怎麼會知道啊？地點、時間都正確了，卻還是通不過，妳這樣啪啪啪地敲著手腕是什麼意思？那裡有什麼東西嗎？」

「我只是要告訴妳，時間過去了！」

「啊啊！發生這種事情，是妳自己的計算有誤吧？」

身處於天幕下方的雪琳和帕思莉亞，陷入了前所未有的混亂。

依照雪琳記憶重現的地點與時間，然而兩者齊備的當下，卻依然遭到了天幕的阻隔，兩人在情急之下開始了爭吵。

「妳說誰的計算有誤啊？」

「當然是妳，我們之中負責出腦力的傢伙不是妳嗎？」

「啊哈！妳總算承認了，果然是我比較聰明吧！」

「聰明個鬼，現在這種狀況誰要來解釋啊，妳這隻草履蟲！」

銀髮少女很罕見地用了一個非常艱澀的單字，遭受到意想不到攻擊的帕思莉亞赫然睜大了雙眼。

「妳、妳說誰是草履蟲，是那種過得去天幕的低等生物嗎？混帳，妳是在說妳自己吧！我……像我帕思莉亞這麼高層次的存在，絕對會被擋下來的！」

她憤怒地舉起手往天幕牆上一拍。

結果，下一瞬間，帕思莉亞的身體傾斜了。

「哇啊！」

雪琳迅速地回頭，卻發現兔耳少女一個倒栽蔥滾出了老遠。

「這……不是吧！難道就連天幕也覺得我是單細胞生物？」

「笨、笨蛋，妳在渾身發抖個什麼勁啊，妳沒發現現在是什麼情形嗎？」

「對不起，我就是隻草履蟲……呃不對，我通過了耶！」

兩人面面相覷。

「喔、喔喔喔喔！」接著同時大叫了起來。

「快、快點！惠恩、彌亞！」

得把握時間啊！銀髮勇者一邊大喊著，一邊明快地做出了反應。

她立刻朝著停在稍遠山坡上的馬車飛奔起來。看到了突然變化的異景，惠恩和彌亞隨即慌慌張張地以最快的速度爬上了馬車。

「嗚、嗚哇！等等我！」

「妳這傢伙，為什麼又要跑回來？」

「咦，咦？」

被雪琳陡然一喝的帕思莉亞慌忙站定雙足，意識到自己所採取的行動，馬上又想轉身。

「笨蛋，來不及啦！」

雪琳衝過去從後方將兔耳少女拎起。

「喂，等等，妳可不可以溫柔點……咕噗哇！」

銀髮少女以疾風般的速度一下子就衝到了山丘頂，咕咚！一把將兔耳少女扔進車廂之後，沒去理會對方所發出的慘叫，坐上馬夫的位置，接著十萬火急地抽下皮鞭。

駿馬發出嘶鳴，抬起雙足，一口氣奔下山坡。

「坐穩了！」

藍髮魔王和獅耳女郎從車廂裡探出頭，彌亞瞇細雙眼，惠恩抓緊了欄杆，雪琳神情凝著。

「喔喔，要來了！」隨著風中爆裂的高喊，彷彿是要甩脫心內的不安，銀髮少女的心情比任何人都還要忐忑。

如果沒能順利通過，馬是不會有事，可是坐在最前面的人卻是首當其衝，說不定會一瞬間被後方的車廂壓成肉餅。

隨著與天幕之間的距離越來越近，雪琳的呼吸也變得越來越大口，到最後，臉色蒼白冒汗，就在即將撞上的那一秒——

「啊、啊啊！」

雪琳放下抱頭的雙手，左顧右盼，然後，趕緊抓起韁繩。

「成、成功了？」

「我們通過國境線了！」

「終於啊……」

「可惡，臭母牛，妳竟然敢這樣對待我，嚐嚐我……什、什麼，發生什麼事了？」

惠恩難以置信，雪琳鬆了一口氣，彌亞則是露出笑容，而直到此時才從後方出現的帕思莉亞先是怒髮衝冠，在知道發生什麼事之後又露出了呆愣的表情。

一行人各自以不同的方式表達對於穿越天幕的反應。

惠恩從側面探出半個身體，看見當時他們停留的小山丘，此時正不斷地變得遙遠，實在好不真實。

懷著有些複雜的心情，他終於離開了第六天魔境。

Unemployed Heroine and Devil's Guard

尾聲　第一天魔王

「伊特！伊特！」

在某個光線照不到的陰暗走廊中。

急促的腳步聲響起。

小木鞋踢踏地面，少女在走廊上奔跑，一邊跑一邊呼喚著。

天花板上殘破的蛋彩畫、兩側的石壁，和地上的紅氈，說明了這裡似乎曾是一座金碧輝煌的宮殿，然而往昔的榮光如今看似雲煙一場，終究無法敵過時間的侵蝕，慢慢衰敗腐朽。

少女最後來到了一處開闊的空間，軸線兩旁有著對稱石柱、半圓形彩繪玻璃、空間底部升起臺階，猶如謁見大廳的處所。

然而如同其他地方，充斥著死寂，大廳中到處擺滿了棺材，景象駭人。

「伊特，伊特！」

繞過橫七豎八的棺木，少女繼續叫喚，來到了御座前方最大的一具棺木，開始用力敲打，砰砰砰砰……

「伊特，快起來啊，伊特！」

「吵死人啦！」

「哇啊！」

突然間，棺材頂蓋被大力掀飛，伸出了一隻手。

飽受驚嚇的少女發出了奇怪的聲音，一不小心踩到了階梯滑倒，跌了個四腳朝天。

「對、對不起啦，伊特，我不知道妳還在睡覺……不過已經快中午了耶，妳昨晚是不是又熬夜看書了？黑眼圈好重。那部作品妳已經看過很多次了吧！」

少女摸著疼痛不已的後腦勺，一邊道歉一邊爬了起來。

「好書當然值得一讀再讀，此等大作更是需要一個字一個字品味。」

「伊特妳真奇怪，如果是我，光是看到那麼多字就想睡覺……」

「我覺得妳最好還是多讀點書。算了，白聆，妳這次又有什麼事？」

「喔！差點忘了，伊特妳看看這個……」

「嗯，這是什麼？天、天啊！這不是報紙嗎，妳從哪裡弄來的？太陽要打西邊出來了嗎，白聆妳居然會主動去讀上面有字的東西！」

「嗚哇！伊特，妳真過分，重點不是這個啦，妳看上面，上面！」

名為白聆的少女，指著報紙上刊載的頭條新聞。

「第六天魔族和人類王國簽署和平協約？」

「是啊，就是這個，伊特妳評評理，這個第六天魔王是不是很過分？」

白聆氣呼呼地地兩手扠腰。

「我記得第六天魔王不是才派使節過來，說要與我們簽訂同盟合約的嗎？」

「咦，真的是不久前嗎？我怎麼記得上次有使節來過的時候好像是在一百多年前……」

「不，那不是重點。當時我還覺得好高興，同為六天魔族的伙伴終於願意和我們並肩作戰了……我都準備好要在和可惡人類的戰鬥中貢獻一份力量了，結果這傢伙竟然又擅自跟人類談和，這難道不是背棄同志的行為嗎？」

「唔……不過妳好像英雄故事聽太多了吧！其實也不需要這麼生氣，反正我們從來就沒有被他們重視過，就連並稱為六天魔族也是……話說回來，這份報紙怎麼看起來破破爛爛的，出版日期是在……天魔曆五五〇年嗎？今年是幾年了呀？」

「妳睡暈頭了吧？伊特，肯定是不久以前才發生過的事。反正，要是讓我遇到那個魔王，我一定要問他為什麼要這樣做，然後再好好地教訓他，喝！喝！嘿咿！」

白聆發出了聽起來完全不像拳擊會發出的聲響，努力地表達自己的氣憤，上下左右上下左右……

「停，不要拆了我的床！不過，妳是真的打算和他拼拳嗎？」

伊特說道：「我聽說第六天魔王是赫赫有名的武鬥派喔，大概會是個臉帶刀疤，虎背熊腰，背上刺龍刺鳳的恐怖男人吧！妳……沒問題吧，第一天魔王白聆？」

「耶？」聽到好友這句話，白聆頓時以手遮口，「妳、妳說的是真的嗎？」少女的額頭冒出了汗水。

「這、這個……要是到時候他願意爽快認錯，我、我也不是不能夠原諒他啦，不管是誰難免都會犯下一、兩個小錯的嘛！啊哈哈哈……」

「說得真有道理，那到時候，去和第六天魔王曉以大義，維護咱們第一天魔境面子的重責大任，就交給妳了！」

「到時候妳會幫我的對吧，第二天魔王伊特。」

「我考慮喔！」

「欸，怎、怎麼這樣，不要考慮了啦！」

「我考慮考慮喔！」

「不要考慮考慮了啦，我們是好朋友吧，妳應該不會忍心，哎！不、不要又睡了啊，伊特！」

吵吵鬧鬧的喧譁，在空蕩蕩的空間中迴響不絕。

鬼影幢幢的城堡，獨自座落於漆黑的大地，遍及千里，光明在此似乎毫無痕跡，連夜空中都找不到一顆星子……

遙遠的邊境上，一輛馬車慢慢地駛入了這片大地。

——《失業勇者魔王保鑣02》完

高寶書版集團
gobooks.com.tw

輕世代 FW265
失業勇者魔王保鑣02

作　　者　甚　音
繪　　者　welchino
編　　輯　林紓平
校　　對　林思妤
美術編輯　林鈞儀
排　　版　彭立瑋

發 行 人　朱凱蕾
出　　版　英屬維京群島商高寶國際有限公司臺灣分公司
Global Group Holdings, Ltd.
地　　址　臺北市內湖區洲子街88號3樓
網　　址　www.gobooks.com.tw
電　　話　(02) 27992788
電　　郵　readers@gobooks.com.tw（讀者服務部）
pr@gobooks.com.tw（公關諮詢部）
傳　　真　出版部　(02) 27990909　行銷部 (02) 27993088
郵政劃撥　19394552
戶　　名　英屬維京群島商高寶國際有限公司臺灣分公司
發　　行　希代多媒體書版股份有限公司/Printed in Taiwan
初版日期　2018年3月

國家圖書館出版品預行編目(CIP)資料

失業勇者魔王保鑣 / 甚音著.-- 初版. -- 臺北市
: 高寶國際, 2018.03-
冊； 公分. --

ISBN 978-986-361-493-7(第2冊 : 平裝)

857.7　　106017049

三日月書版

三日月書版

GOBOOKS
& SITAK
GROUP©

GOBOOKS
& SITAK
GROUP©